太爱火柴的女孩

La petite fille qui aimait trop les allumettes

Caétan Soucy

［加］加埃唐·苏西 / 著

邱瑞銮 / 译

海天出版社（中国·深圳）

图书在版编目（CIP）数据

太爱火柴的女孩 / (加) 加埃唐·苏西著 ; 邱瑞
銮译. — 深圳: 海天出版社, 2017.1

（枫译丛）

ISBN 978-7-5507-1742-8

Ⅰ.①太… Ⅱ.①加… ②邱… Ⅲ.①长篇小说—加
拿大—现代 Ⅳ.①I711.45

中国版本图书馆CIP数据核字(2016)第202282号

版权登记号　图字: 19-2016-014 号
La petite fille qui aimait trop les allumettes
Gaétan Soucy
Copyright©1998 Éditions du Boréal
All Rights Reserved
本著作之中文简体字翻译权由皇冠文化集团独家授权使用。

太爱火柴的女孩
TAI AI HUOCHAI DE NÜHAI

出 品 人	聂雄前
责任编辑	林凌珠　岑诗楠
责任校对	万妮霞
责任技编	蔡梅琴
封面设计	知行格致

出版发行	海天出版社
地　　址	深圳市彩田南路海天综合大厦　(518033)
网　　址	www.htph.com.cn
订购电话	0755-83460293(批发)　83460397(邮购)
设计制作	深圳市龙墨文化传播有限公司（电话: 0755-83461000）
印　　刷	深圳市美达印刷有限公司
开　　本	787mm×1092mm　1/32
印　　张	7.25
字　　数	88千
版　　次	2017年1月第1版
印　　次	2017年1月第1次
定　　价	32.00元

献给伊莎贝尔

痛感的经验和一个人（例如主体的"我"）拥有某种东西的经验不同。痛的时候，我感受到那炽烈，感受到哪里在痛，等等，而不是一种所有权。痛为什么"没有"物主？是痛真的不属于任何人所有吗？

这个问题源自痛一直都是以人们可以感受的方式表现，就好像我们可以（在视觉上）感受到一盒火柴。

——路德维希·维特根斯坦[①]

① 路德维希·维特根斯坦（1889—1951），英国哲学家，主要著作有《逻辑哲学论》等。

第一章

一

我弟和我，我们大概要把整个宇宙扛起来
了，因为一天早上天快亮的时候，爸爸一句话也
没交代就灵魂升天了。他痛得缩成一团的尸体只
剩下臭皮囊，他颁布的法令刹那间都消失了，整
个人卧在楼上的房间里。他都是从那里下命令给
我们的，昨天晚上都还是呢！我们一定要有他的
命令才行，否则会被捣成碎片。他是我弟和我的
石臼。没有爸爸，我们不知道该做什么。我们几
乎不知道该怎么拿定主意，该怎么自己活着、害
怕、感觉痛苦。

不过，"卧"这个字用得不太对，这很有可

能。是我弟先起床，他发现了这事，因为那天我是书记，有权在美丽星空下的田野床上睡晚一点。我刚刚在搁着天书的桌子前面坐好，弟弟就下楼来了。早就规定好我们进爸爸房间要先敲门，敲了以后要等爸爸准许我们才能进去，因为他修炼的时候，我们一定不能打搅他。

"我敲了门，"弟弟说，"爸爸都没出声音。我一直等到……等到……"

弟弟从口袋里掏出一只老早就没指针的表。

"……等到刚刚，对，可是他一直没反应。"

他一直盯着没指针的表看，好像眼睛不敢看别的地方，我看见恐惧——恐惧与惊愕不知所措——渐渐涨满了他的脸，好像水涨进了羊皮囊里。而我咧，我在本子上空白的地方写下了几月几日，墨水还没干哩！然后说："唉，写这个还真是值得哪。不过先查查卷轴怎么写的我们就知道了。"

我们查阅了"家教十二守则"，这是一份很

有意思的文献，可以追溯到好几个世纪又好几个世纪以前，里面有花体字和彩色装饰字，要是我知道是什么意思就好了，可是里头没有一条守则和现在的情况有关，差得远咧！我把卷轴放回盒子里，那盒盖上蒙着一层灰，我把盒子放回柜子里，然后对我弟说："进去吧！把门打开，进去！说不定爸爸死掉了。不过，也说不定只是在'凝定'。"

过了好久，依旧静悄悄的。我们只听到墙上的木头嘎嘎吱吱，因为我们尘世居所的厨房，墙上的木头一直会响。弟弟耸耸肩，摇摇他的大脑袋："现在到底是怎么回事？我都搞不懂。"他凶巴巴地用食指点着我，说："你给我听着。我要上楼，而且我警告你，要是爸爸死了……你听清楚没？要是爸爸死了……"他没有再说下去，而是别过脸，像小狗一样掉头走掉。

"你别担心，"我说，"我们踏步前进，走吧！"

弟弟开了门。他这才发现爸爸没把门上锁。我们走到房间里面，自然就知道门没锁，没有用钥匙锁。可是爸爸比我们还要早起，如果他夜里真的有睡着的话，就会——我是说真的——在我们醒来以后把锁打开，好让我们进去。而从我弟那天早上看到的，爸爸是在夜里睡觉，因为他全身光溜溜，闭着眼睛，伸着舌头，而且没有把门锁上。因为——虽然我们不知道为什么——要是他晚上没睡，要是他本来有穿衣服，他就要很麻烦地把自己脱光光才翘辫子。所以他应该是睡着了，光着身子睡，然后就这样一连串下来以这副排场死掉，这是我的推论。

我看我弟的脸像白骨一样苍白。"他全身都白白的。"他说。

"白白的？"我问："你什么意思？白得怎样？白得像雪吗？"

因为和爸爸一起，什么都可能发生。

弟弟想了想。"你知道，在菜园子另外一边

圈起来的那块地里，不是右边的那个木棚子，而是小木屋后面那里。你知道我是说哪里吗？"

"我知道，"我说，"就是小教堂的另一边，你到底想说什么呀？"

"如果我们从那后面的斜坡走下去，会走到一条干掉的河流。"他讲的都没错。

"你还记得那里的那些石头吗？"

"我还记得。"

"喏，爸爸就白得像那样，就是那种白。"

"这么说，是有一点点蓝，"我说，"蓝白色。"

"没错，就是蓝白色。"

"我想知道他的胡子，他胡子现在怎样了？"

我弟蠢蠢的两只眼睛瞪着我，搞不懂怎么会突然问他这个问题。

"爸爸有胡子吗？"

"胡子，"我说，"就是他要我们每个礼拜帮他刷一次的那东西。"

"爸爸从来没要我帮他刷什么胡子。"

天哪。我弟这人真小人，我不知道要不要把这个写下来。他跑到桌子前面坐下，脸都白了，两只膝盖抖呀抖，好像快要翻白眼去天堂观光。

"他还呼吸吧？"我继续问他。

爸爸呼吸的方法很不同，别人不会分不清楚他有没有呼吸，就算他在"凝定"，像挂衣服的钩子一动不动；就算他眼睛一直死盯着一个地方不放，但只要观察他胸膛——那地方刚开始平平的，然后会像青蛙（我们唯一的玩具）一样鼓起来，鼓得简直像死马的肚子那么大，然后消下去一下，又鼓起来，一阵一阵的——这样就能知道爸爸还在这个世界上，只是他在凝定。

弟弟摇摇头，算是回答了我的问题。"那么，他死掉了。"我说。我又说了一次，我以前不太会这样：那么他就死掉啰。怪怪的，讲这几个字，没发生什么事。宇宙和平常没两样，没有变

得更糟。还是藏在那个很古老的睡眠中睡得沉沉
的，持续地消耗损坏，好像这没什么。

我走到窗户旁边。嗨，这是很不寻常的一
天，开始就不顺利。这表示要下雨了，不下雪的
时候，下雨是我们在这偏僻角落的面包，每天都
要有的。天空压得低低的，田野一望无际，寸草
不生，那块地没人好好照料。我又听见我自己
说：

"我们一定要做点什么，我觉得应该把他埋
起来。"

我弟两只手肘撑在桌子上，哭得快被眼泪
淹没了，声音像泻肚子稀里哗啦的，好像嘴里塞
了满满的东西还一边大笑。我用力捶桌子，心里
很生气。弟弟突然停下来不哭了，好像他也被自
己吓一跳。他嘴巴嘟得像鸡屁股，吸着空气，眨
着眼皮，脸红得像他咬一口爸爸的火红辣椒那次
一样。

他走到我这边来，把脸压在玻璃窗上，他

一直有这个习惯，所以和他身高一样高的玻璃上面都有一块地方脏脏的。他呼出来的热气让玻璃蒙上了一层雾气，这种效果还没翘辫子的人谁都会。"如果要把他埋起来，"他说，"最好趁还没下雨，现在就动手，把爸爸埋在烂泥巴里就不好了。"马从草原另一边往我们这边走过来，它肚子往下垂，马头轻轻晃着。

"可是要先找一条裹尸布，我们不能就这样子埋了爸爸！"

我用额头轻轻撞着玻璃窗的框框，哀怨地小声嘟囔：裹尸布、裹尸布……

然后我走到门边。我弟问我去哪儿。

"到木料仓去。"

他还没搞懂。到木料仓找裹尸布？

"我要去看看有些什么木板。"我又加了一句，"你呀，去把刚刚发生的事写下来。"

他立刻像个被宠坏的孩子一样嗷嗷叫。

"今天是你当书记耶！"

"我还想不到用什么字来写。"

"字，字，字，什么字啊？"

我跟你说，要是我真的想不起来要用什么字，我就输给你，你看我敢不敢放把火烧窗帘给你看！我只不过装装样子，这样才能强迫弟弟多少负担一点乱书乱记的工作。我弟是个虚伪的家伙，除非我连虚伪这个词的意思都不懂。为了不让他啰唆下去，我一把抓起铁钉罐，让动作看起来强悍些，然后紧紧咬着牙，锁着眉头。这个姿势一定会让人想起爸爸，这样子，我想，他就会被我镇住了。

我走下台阶，避开了烂得最厉害的那几阶，然后直接往木料仓的方向走，就像刚刚说好的。地上很泥泞，烂泥巴和树根的味道一直留在我脑袋里面，跟我以前做过的噩梦一样，都留在我脑袋里面。我嘴里哈出一团气，就像这样，毫不费劲。田野一望无际，整个都灰灰的，堵住地平线的那一片松林，颜色好像爸爸常吃的水煮菠菜。

村子在另一头，好像是吧，还有七大洋，以及世界奇观。

我走到离马两步远的地方停下来。它也是一动不动地看着我。它很老了，很衰弱，圆圆的眼睛已经不是原来的栗子色。我不知道这个世界上别的地方是不是有蓝眼睛的马，就像我喜欢的那几本字典里头的插图那样，英勇的骑士骑的马。唉，毕竟，我们在这尘世间不是为了要得到答案，好像是吧！我又往前走，用力搂它的头来纪念爸爸。于是这头动物倒退了几步，低下它的大脸。我又向它那边靠过去，摸摸它臀部，我不是个会记仇的人。毕竟，爸爸的事，还有这些事，又不是它的错。说不定我用"动物"这个词称呼它也有点太随便了。

木料仓地板上的胶长了斑，这是木屑和老是不停从地上冒出来的雨水弄的。我不愿把靴子踩到那里面去，那让我觉得泥土紧紧巴着我，把我吸进它像是嘴巴的肚子里，像章鱼那样，连发出来的声音都一样。有好一阵子，好几天了吧，我没有到这里来。收割机上沾着一坨干掉的大便，地上堆满了废铁，都纠缠在一起，犁也都忘了自己拖在一头牛后面是什么样子。受刑罚的义人，他嘛，也在角落缩成一小团。这几年他都没有变，我们帮他挪位置的时候都很小心，两手发抖地把他从木箱子里拿出来。好像他已经坏得不能再坏了，不会再一层一层剥落，这我可以发誓，他大概会永远待在这个地方不动。有时候，把他放回去以前，我会把他抱在怀里好几天。他是个了不起的东西，这个受刑罚的义人，有一天我们会和他一起，让这个世界大吃一惊。这里头还有一个玻璃柜，我以后会说到它，在时间、地点都对的时候，我们不能轻易把它跳过去。我之所以提到这个地方，因为这里是木料仓，也叫作地下墓穴，我躲到这里来避难，写我现在写的这遗书。人家要找到我，就会找到我，除非我躲到别的地方去了。

　　几块歪歪的木板靠在最里面的墙上，那面墙壁本身也是木板，再也不指望人家会拿它怎样。其他墙壁是会渗水的石头。没有一块木板我觉得派得上用场。我是不会拿这些帮爸爸做装死人的箱子的！我坐在一块有树皮的木板上，做了一个像十字架的东西，到时候用得上，虽然横的直的这两块木板合不来，其中一块对另一块说"妈的"。我停了一下，想一想我们要在这个十字架上刻什么，或者最好别去想这个。这算什么东西呀，有树皮的木板？

　　我虽然最近服丧，但还是在瞄一眼英勇骑士的图片时，允许自己嘴角带着会心的微笑。那张英勇骑士的图片是我最喜欢的，我把它放在犁的一个弯角，每次我弟跑到这一区域别的地方去捣自己的蛋，不烦我的时候，我就能暗地里安安静静欣赏图片。这张图片，是我从一本字典里撕下来的，它让我想起我最喜欢的那个故事，加上图片也是我最喜欢的，所以我偷偷把这两样藏在我的想象里。这个故事应该在真实生活里的某个时候、某个地方发生过，算了别提了。那里面有个公主，被一个所谓的疯道士关在塔楼里，然后有个很帅的骑士来救她，抱她坐上他那匹有一对银色翅膀的马，如果我看懂了的话。那个故事，我怎么看也看不腻，甚至常常在我脑袋瓜里想呀想，感动得自己都搞不清楚我是骑士，还是公主，或者是塔楼的影子，或者只是衬托他们爱情的某种背景，例如城堡主塔底下的青草地，或者是蔷薇花的香气，或者是那条缀满露珠的被子。骑士用它来裹他冻僵了的"亲亲爱人"，他是这样叫的。我看写我们文化的其他字典，有时候会突然发现，其实我看的不是摆在我面前的字典，例如斯宾诺莎的《伦理学》，而是我脑袋瓜里骑士救走公主这个我最喜欢的故事。我甚至想在晚上睡觉前读给我弟听。可是他呀，你想得美咧，他一上床就跟猪一样打呼。他每次都让人失望，别想和他一起做什么梦。

我自己把所有的东西都带回来。我是说那两块木板和一把铲子，带回我们尘世居所的厨房来。

弟弟还是坐在椅子上没动，就像人们说的好像布景的一部分。他呆呆地盯着前方，那样子只有"蠢"这个字可以形容。他看着我们三个星期以前用一根线吊在梁上的苹果芯，我们那时候就这样咬着玩，把两只手背在背后，这个游戏我玩得可精呢！弟弟隔一会儿就心不在焉地对着这个干瘪的水果、干得像蚱蜢尸体的苹果芯吹气，吹得它晃来晃去。他压根儿就没朝天书瞥过哪怕一眼。我不能留这家伙一个人在家。

"没有合适的木板，"我说，"应该到村子里去找一副棺材。不过我们已经有十字架了。"

马是跟着我一起过来的，透过窗口看我们。它永远都那么矬。

"还有没有钱？"我问。

我说的话，不知道它们是怎么了，它们进

不到我弟的脑子里。村子、棺材、钱，这些不常用的字把他弄得神志不清。他开始做一些动作，做到一半又放弃，才站起来，又坐下去。他让我想起我们以前那条狗，爸爸在它的食物里掺了几坨蛀虫让它吃，它那个样子哟，我是说它吃下去以后接下来的那个样子。

天知道我为什么这时候有这个念头，要是爸爸事先知道会这样，他应该会带一些熟悉的东西到地下去。首当其冲的就是我弟和我，我心里这样想，可是我觉得这个念头太过分了，会让人惊慌。以后当然会轮到我们，轮到我们死掉，而且会在同一天，或者差不多是同一天，在尸体上涂临终圣油，如果这么说没错的话。我们会很乖，会一直很听话，到了我们的坟墓里都是，而且听坟墓里传来的话，因为爸爸的坟墓好像一直都在，在平原的某个地方，有待我们去发掘。那坟墓有点代表了他的命令，如果我敢冒昧这么说的话那命令是从泥土模子里发出来的，就像以前他所有的命令都是从楼上房间派下来的，我说的可都是事实。不过那可以等一等，我是说轮到我们死掉可以等，至少等个几天，说不定几个星期，甚至几个世纪，因为就算我们从爸爸身上明白了人都会从骨子里彻底死去，会离开尘世间，可是爸爸从来没有清楚告诉我们要活多长时间才会死去，也没告诉我弟和我，如果要从学徒程度的尸体升到师傅程度的尸体需要多长时间。

我打开柜子，取出钱袋，把里头装的都倒在桌上检查。一把十几个同样的钱币，都没有了光泽，一倒出来就到处滚，我用手掌把其中一个压倒。"滚"用第三人称复数动词变化很可能是错的，应该把那一把十几个钱币当作一个人，用第三人称单数动词的"滚"，可是错就错吧，我的句法是从圣西蒙公爵那里学来的，还有我爸教的。有些地方我还有点毛病。我老是把动词时态搞混，弄得跟一团糨糊一样，乱得像猫都找不到自己的尾巴。

"你认为这些够我们买一套杉木服装给爸爸吗？"

杉木装是爸爸的一个笑话，他讲过的笑话没有很多，只在他偶尔跟我们讲故事的时候会说到，讲在他还很帅的时候那些年纪轻轻就死掉的人。我弟和我一样，对我们的钱到底够不够完全没概念，因为爸爸以前带马到村子里买日用品从来不带我们去，他总是满腔火药味地回来。我们不喜欢他这样，每次他都会痛打我们一顿来泄愤。

"我们早就该学着了解钱的价值。"我弟说。

"这是钱，"我顶他一句，"我们的钱应该和村子里的人的钱一样有价值。"

我还没说，我是我们俩当中比较聪明的那个。我的推论像敲棍子一样，强而有力。这句话要是我弟来写，一定会写得干巴巴，显得思想贫乏，别人会看不懂。

"可是，说不定需要更多钱。爸爸去村子里

时，总是带着鼓鼓一袋钱币，有好多钱哪，我觉得他有时候会去某个地方装满。"

"那个袋子呢？"我问。

可是我弟只是一直说："我们早该学着了解钱的价值。"每次他产生什么念头，就会一直巴着脑袋，很难甩开。

我要他一定努力帮我找着那个袋子，我们彻彻底底把柜子翻遍了。里面只有几块抹布、几个圣像十字架，还有爸爸很帅的时候穿的神甫袍子，还有几本讲圣人的故事的书，我们以前读过里面的故事，而且从小爸爸就要我们每天，或者几乎每天重读，抄里面的内容。书里还有图片，有留着软软胡子的人，穿着凉鞋走在太阳亮亮的沙漠里，沙漠里有葡萄树和棕榈树，有茉莉花的香气和檀香的味道，味道几乎从纸里飘出来。那是爸爸用很小的字写下来的东西，现在，这是我的了，我们的了。插图，是他自己贴上去的，他用他长长的牛舌头舔湿了以后贴的，我还记得我看过他这么做。很多他这样讲给我们听的故事，我们都不能完全"理会"，如果这个词用对了的话。故事背景遍及犹太地区和日本，一些想象不到的国度，我们猜想我们来到这个尘世、到这个乡下来以前，爸爸曾经在那些地方住过。我们很久以前就觉得这些都是他的故事，他要把这些变成我们的记忆，传给我们，让我们免于疾病。如果真的是这样，爸爸应该会行一些奇迹，让水从石头里冒出来，把乞丐变成树，拿小石头做成小老鼠……还有什么忘了说了？可是他为什么放弃那些有魔法的国家，跑来这个空荡荡的乡下，到这个常常乌云密布，每年有六个月结冻，没有橄榄树，也没有母羊的地方与世隔绝？是为了消遣，为了和我们这两个又瘦小、又爱幻想的儿子做伴？不对，和他一起生活了这几年，最后我们都觉得不是这样。这里也有图书室，不过这个我以后再说，图书室里有好几本骑士字典，还有他的毒药。

"我在想,爸爸会不会准我们'开'这些钱。"我弟突然这么说。

"'花'。"我纠正他。

"管它的。爸爸说不定不喜欢。"

"爸爸死了。"我说。

"说不定我们应该把它和爸爸一起埋掉。"

我把铲子靠在炉子上,到桌子旁边坐下,把那几个钱币在指头间兜了又兜,一只脚晃来晃去。我生气的时候就会晃脚,这样才不会去踢想踢的那个人一脚。

二

应该快中午了，事情却一直没进展。雨滴像钉子一样往下掉。马躲到人物画像馆上面来。石头面包搁在桌子上，我们叉着手望着面前的汤，一点胃口也没有，我弟会这样可真稀罕。当然，不是一早上都这样安安静静的，我们讨论了一下尸体的事，讲到了所谓的死亡，还有我们以后会变成怎样，也讲到裹尸布和洞。可以说我们已经决定要把爸爸裹在床单里。走，去拿！喏，这就是裹尸布了。后面的事要怎么进行，我们不觉得已经有概念，只知道接下来要上楼到尸体那里，把他包起来，搬他下楼等等的，但不知道最后要怎么结束。关于坑嘛，我们还拿不定主意：也许把他埋在空地上，一个非常空旷的地方。可是埋哪里好？眼下谁知道呢？我弟说就松林那头，靠近沟渠的地方。我啊，你也知道，我比较偏向木料仓那里。

我要赶紧补充一句，我们不是反复无常的人，至少我不是，还有，我们已经喝了汤，吃了石头一样硬的面包，虽然早就没胃口，但既然是到了该吃饭的时候就吃吧。只是，以前每顿饭之前，爸爸会做一些动作，聚精会神地念念有词。要是没这个"仪式"，就是这么说的，我们会觉得用餐有失礼节，甚至还会被训。噢，可有得受呢，因为爸爸这样做一定有他的道理。比如说，有一天，他发现弟弟把指头伸进小黄瓜酱里，而那个时间还不该吃东西，爸爸抓起"小棍子"，就是这么叫的，用尽力气打得弟弟躺在床上惨叫了三天，哭诉命运让他生下来就带着这个以后会成为尸体的身体。爸爸全心全意照料他，吻啊吻的，亲亲昵昵，哼。那我咧？

汤凉了，我很纳闷，我弟干吗把它弄热。他就像那匹马，别的什么都不会。我从他的玻璃瓶里把我们的青蛙抓出来，我们无精打采地看着它自己玩。它是我们唯一的玩具，差不多是这样，它会的东西很少。它能走八个大拇指的距离，四只脚开开的，就像我弟因为尿床迷迷糊糊醒来那样子，然后它小小长长的青蛙身体就在我们面前整个趴下了，看了让人蛮难过的，我们笑不出来。青蛙的人生也有它的痛苦，你可别不相信，弟弟为了让它振作起来，喂它吃了一只死苍蝇，那是他从玻璃罐里抠出来的，我们在那罐子里装满了要喂青蛙的死昆虫。它一样会呱呱叫，这我们要为它说句公道话，它的叫声就像乌鸦。可是啊，闲着没事做可累得很呢！事情既然都这样了，好，我说，非这样不可。"非怎样不可？"我弟问。天哪。和他讲话老是要解释个没完没了，画图给他看还快一点！

于是我们动手把裹好的尸体搬下楼，把他放在我们尘世居所的厨房桌子上。这可辛苦了，尤其是把他从钩子上拿下来的时候。尸体已经有点硬邦邦的感觉，这让我停下来思考。把两只手放在他身上就好像没摸到东西。把眼睛闭起来，就像我现在这样，看看会怎样，结果就是一点也不觉得爸爸身上有肉，一定要睁开眼睛看，才会相信那真的是他。还有一件事很难，就是把他肿起来的两只脚并起来，好让整个身体穿过门框。他脚上好像有弹簧，每次推一只脚，另一只脚就会弹开。我们在至少 36 个月以前就有一个胡萝卜之类的东西，不知道是铁的还是石头的，这个我一直没办法判断，而且这根"胡萝卜"有魔法，可以吸起钉子。有一次我弟把它弄断了，就是那根胡萝卜，如果我们把两截在断掉的地方接起来，它的魔法会让一截扑向另一截，可是要是例如说，拿着左边那一截不动，再把右边那一截头尾颠倒，然后把两截靠近，魔法就会把这两截推得远远的，我不知道别人懂不懂我在说什么。总之，爸爸的两只腿，会这样互相推开来，就像这两截"磁铁"，它就是叫这个名字。"把他掉过头来试试看"，我弟这样跟我说，他是说我爸，可是我反对。这样他那玩意儿会垂下来，我这么觉得。

在楼梯上，那真是惨不忍睹哪。我的意思是说，弟弟一脚踩空，爸爸从我们手里掉了，哇，他从楼梯扶手上像钢琴一样滑下去。每次都会有这种事发生在我们身上，躲也躲不掉。爸爸摔在厨房地板上，直直摔下去，两脚悬空就像兔子的两只耳朵。他脖子上有个什么东西摔坏了，因为他是用枕骨撑住身子，就我所知他从来没用过这种姿势修炼。他裂开的下巴紧紧抵着胸膛，好像有个嗝儿卡在万丈深渊里，他要去找。我用力在我弟脸上刮了一耳光，这一耳光连我爸也不会祖护，小弟站在楼梯正中央，缩头缩脑。我拉他耳朵，说：

"那现在呢，他有没有胡子啊？"我可以说是在吓他。

我不粗暴，可也有义愤填膺的时候，一点也不含糊，你可别不相信。而那位先生居然哭了起来，哼。

我们用手肘拨开桌上喝汤的碗，把爸爸晃上桌子，那些汤碗都急急忙忙掉到地板上。弟弟用袖子揩了揩眼睛。尸体摔下来的时候，裹尸布松开了，而且因为爸爸一向穿着夏娃天体装，我们早就和他的睾丸熟得很。那两颗睾丸软炸炸、肥嘟嘟的，比我弟的要大很多，也比我的大——当我的睾丸还在的时候。那两颗就悬在他硬邦邦的白白的身体上，好像一张长满胡子的婴儿脸。那根香肠衰衰地垂在一边，那个口开开的，一副被人枪毙的样子。我问弟弟他真的相信我们是从那里生出来的吗，和小猪、小牛一样。弟弟把一根指头插进那个敏感的孔里，检查它会不会变大，够不够像我们两个这么大的小孩通过。那根香肠变粗了，挺了起来，因为魔法的关系，也变得跟大腿一样硬，好像在两只大腿之间举旗子。这种事啊我看到什么就说什么。

弟弟一只手压在他胸口，以免他心脏跳出

来。弟弟一旦能说话（有时候人会没声音，就是这样子，没办法），就说："不对，我觉得是他来这里的时候，用泥土造了我们，我们是他所创造的最后两个奇迹。"

我用床单把他的那个东西盖起来，因为我会不好意思，我弟却恐慌大叫："你又要去哪里？"

我已经把手握在门把上了。"去村子里。"我说。弟弟开始找他周围的东西。他想事情的时候会很惊慌地看看他四周，就像是他脑袋瓜不够用，要从旁边的东西去寻找想法，我可不保证这种方法有效。

"那妹妹呢？"他突然问起，"你说她怎么办？"

我闷不吭声地打量他。"那妹妹她呢？"他又重复一遍，对这没什么大不了的发现还有点得意咧！

问得可真是时候。我叹了一口气，在爸爸的尸体刚刚冷却、自身难保的时候抬出这个问

题。是真的假的都还不知道，其实这件事是拼凑
爸爸零零星星的几句话得来的。去年冬天我们到
处翻遍了，找找我们是不是可能有个妹妹，一个
小妹妹，说不定她住在那一边，在山上的某个地
方。也许，我一下想不起来。噢，一个妹妹！我
们有吗？……可是，努力想想，好像有印象，很
模糊，要回想到我们小时候，真的有哦！从前是
有个小女孩和我们在一起，想想看这件事让我们
多吃惊，说不定她老早就在这里，谁知道呢！然
后像流星一样走掉了。弟弟甚至说她跟我简直是
同一个模子印出来的。可我们真的把以前的事想
起来了吗？这难道不是因为我们先假定这样，所
以在回想过去的时候自己制造出这样的幻想？所
谓有个妹妹这个念头我弟比我强烈。这件事从来
不会让我睡不着或者睡少了。我不随便让自己被
那些我不喜欢的东西烦。我就是转过背不理不
睬，耸耸肩，两手一摊，没我的事，管它呢！

　　"那是我们梦见的。"我说，一只手还是握着

门把。

　　说真的，我觉得我弟想尽办法要把我留在屋子里。我也要逗逗他。

　　"除非你想自己到村子去？"

　　砰的一声。这一拳很卑鄙，直接打在牙龈上，但是打架就是打架，本来就不讲道理。要他和爸爸的尸体待在一起，他可笑不出来，这我也知道。可是如果我命令他自己一个人到村子去，他就会跑到屋顶仓躲起来。我清楚得很，我们两个人当中最胆小的就是他。可是反过来想，我们也不能把尸体单独留在这里，然后我弟和我两个人手牵着手、吹着口哨到松林另一边去。接下来，要把爸爸装在一个合适的棺材里，为了这个我们要有一个人牺牲一下，赶紧到村子去买个有洞的箱子回来。

　　"我这就走啰。"我说，心里还是觉得很奇怪，爸爸怎么会养出两个推理能力好坏差这么多的儿子。

三

我去村子的时候遇到了一些怪事，但在一五一十记录这些事情以前，我一定要先讲讲我们的同类，我弟的和我的同类，一共有四个人。我从同类的名单里删除了我们觉得没有血肉之躯的人，就是那些画在纸上的人，是纸上的字让他们好像活过来，例如那些骑士，还有那群疯子修道士。因为他们人数太多了，我不想把他们当作是我们的同类，那些和我们一样有身体的才算。虽然每个身体有很多不一样的地方，这个人和那个人的也不完全一样，好比我弟和我，我们的身体也不是同一类。再仔细想想，我发现每个同类虽然有不是同一类的地方，但是拿来和我们以后的尸体一比，同类就没有那么不是同一类了，就像青苹果和红苹果虽然不是同一类，但拿来和黄瓜一比，就没有那么不是同一类了。我记得，人

数大概是四个，包括不同种类。至于村子里的
人，还有待我去发掘，看看能不能把他们算作同
类。我也没把那个还不能确定的妹妹算进来，因
为总要设定一个范围。要是不用"同类"这个
词，那也可以随我们高兴叫它"邻人"，也行，
这两个差不多。

　　我就杂七杂八把他们记在这里了。每个季
节开始，都会有个人来上门拜访我们刚死掉的爸
爸。虽然"上门拜访"这样讲太自抬身价，而且
我们也不知道他们有没有在别的地方见过面，或
者有什么其他见面方式。我弟和我一点也不担心
这个同类什么时候来，不需要特别浪费力气等
他，因为等待会让神经承受压力。反正我们知道
他迟早会来，就好像我们知道总会下第一场雪，
不用在那边心里七上八下。一天早上，我们看见
爸爸往田野走去，走到正中央停下来，决绝地叉
着两只手，管它会不会来一场倾盆大雨，或者会
不会下起大便。他都是那个样，那样我们就知道

会有个同类往我们这里逼近，我们就赶快跑去躲起来。那个人从松林走出来，不走马路，直直走向我爸，就像牛虻朝着花园唯一的花飞去。我爸听他讲话，也是一直叉着手臂不放。然后，有时候他说完就走了，有时候爸爸会带他到屋里来。这时候啊，我们就快逃。他们上了楼上的房间，就是爸爸昨天晚上还从那里命令我们的地方，而且，要是我弟和我爬到屋檐上去，就能从窗口偷看他们，看到他们在一本大本子上眉批、签字，接着爸爸把大本子锁在大皮箱里，又陪那个人到田野中央原来那个地方去，然后又叉双手看着他从来的那条路上消失，这都是因为爸爸掌管着一些重要事务。那个人有时候还是会从楼上那扇窗子看到我们，要是我们不够警觉，没能躲开他的目光，就会被看到，或者有时候我们在厨房被看到了以后，我就懒得把他当一回事。他从楼梯上下来，看我们这样子就好像看到很难理解的东西，让他整个人不舒服。

另外一个人，虽然比较常来，但他来的时间很不规律，而且有个小男孩会陪着一起来。每次看，小男孩好像都没长大，也没有变老，从这个人骂他的样子，我们猜他是他儿子。他们坐马车来，对他们哪，爸爸就会走到路边和他们碰头，他们可别想用脏鞋弄脏我们的田，要是他们敢这样，我们是不会不好意思说的。他们来这里好像就是要让爸爸生气，他总会突然冒火。我们不喜欢这样，因为接下来他就会痛打我们一顿。不过，爸爸的火辣辣椒就是他们带来的。爸爸把满满一篓的辣椒带回屋里，嘴里还嘀嘀咕咕。凭良心说，这一篓大概只够他吃一个星期。他四周都是辣椒，一没辣椒他就不行，他吃得可撑呢，简直要滚到桌子底下去，嘴巴里都快哈出一座火山来了，精彩着哩。这个人和他儿子每年都会带一只公山羊来。我说的这个人有时候驾车来，没带那个可能是他儿子的人一起来，就是因为这样，我才会说大概有四个同类，因为他没带他来的那几次让我们怀疑我们觉得有带他来的那几次不是真的，说不定那个男孩只是一个梦，所以，如果把他包括在内，就有五个同类。

那个虽然不是最常来，却和我们最有往来的，叫作求道人。看我爸对这人敬重的态度，我们相信他应该是很重要的人，在那些妓女、圣女里头可吃得开呢，我后面再谈这些什么妓女、圣女的，还有他两只袖子里有很多奇观哩，而且他还是个哑巴，他用喉咙的声音来表达意思，就像小狗。他只有一条腿，支在正中央，整个人简直像一把人头杖，走路都靠跳，像喜鹊，一边还用拐杖使力。爸爸拿东西给他喝，拿帮他做的三明治给他吃，然后我们不得不和他坐在同一张桌上，什么也不能碰，只能看着他吃，有时候我们也肚子饿，尤其是弟弟，他是馋鬼。

爸爸会用他那最庄严郑重的声音讲评这个人物给我们听。他常常要他站起来，脱掉他的大衣、衬衫，衬衫里面，我们这位邻人的胸膛毛茸茸的，像三个冬天没剪毛的绵羊；爸爸用大拇指翻开他的上下唇，露出牙龈，这动作让含着满口食物的求道人咯咯笑。要不，爸爸会很有礼貌地请他肚子朝天躺平，而我和我弟弟，要轮流凑近他的脸，用指头拉住他两边的眼皮，检查他的眼珠、瞳孔、虹膜等，看看一个求道人眼睛深洼里会有什么。爸爸好像能从里头看到星座。最后，爸爸让他支着他唯一的腿在我们面前转圈圈，转得好用力，好让我们从每个角度看看这个人，等等。总之，很难想象爸爸会对其他那几个同类做同样的事。爸爸亲自帮他开门，他离开时爸爸还会在他手里塞个硬币。信不信由你。然后他要我们背课文，否则要挨揍。我们不喜欢这样。那儿天，到了吃饭的时间，我们得把肚子饿得扁扁的，因为这是爸爸规定的。我们只好一边盯着鞋头看，一边思考贫穷行乞的真义，这让小弟很痛苦，但是我呀，我有我的办法，待会儿就知道了，尤其在吃这件事情上，我比我弟强多了。

我另外那个同类的邻人以后会发生惊人的事，人们会想，我都哪儿去招惹来这什么的。我们只见过那个人一次，而且命中注定那天正好爸爸骑马到村子里去了。他哩，我确信有他这个人，因为他跟我说了话，摸了我，真的。那时候，我待在后面的长廊里，在我喜欢的那个角落，旁边都是木板，我正在字典上写字，字典一页页散开来，和旁边几个小锅子搁在一起，所以我没注意到有状况。我弟早躲到屋顶仓去了，他好没种也没通知我一声，他这个人就是这样。来的那个人穿一身黑，提着手提箱，他突然出现让我吓一跳，而且他跟我说了一句让人昏倒的话："请问这里是沙颂先生的家吗？"

我从来没看过这样的人，在我心里面、在我读书时候的脑子里，甚至在图片里也没看过。他比我们老，可是一定比爸爸小很多岁，证据呀，就是我记得是这样，要不然我不会记得。他的衣服都没有裂开的痕迹，短短的头发也没有哪一撮乱乱的，小黄瓜酱没有在他嘴边结干巴，也没有胡子，都没有。我觉得他全身亮光光的，就像我爸夏天泡了湖水起来全身淌着水一样。他又说了一次："请问这里是那位矿场的主人——沙颂先生的家吗？"

我装作没听见他说话，当然。我假装还是在写我的字，可是感觉到嘴唇开始颤抖，别人会以为有蜜蜂在我嘴巴里动来动去。他靠过来，用一只手摇我一边的膝盖：

"喂，我在跟你说话……"

这对我来说太过分了。我把头缩进肩膀里，大腿弯起来抵着胸口，倒向一边，好像中风的猫头鹰。我看着这个邻人两只鞋子中间的地面，没有真的在看什么，眼睛像油渍一样扩散开来。我是说，我觉得眼睛在眼窝里一直变大、变大，好像我们丢石头到池塘里就会有水涡一直变大，扩散开来。啊，我的纸滑到烂泥巴里了……还好邻人终于发现不能这样子缠着我，便走开了，要是继续这样下去，我会一命呜呼，这用肉眼都能看得出来。

讲到眼睛，我动也不动地用眼角偷瞄他，连呼吸也压得低低的，学我的朋友螳螂，它就在我手掌心里。邻人绕着我们的屋子走一圈，一脸困惑，表情怪怪地看着这个乏人照料的屋子，眼神充满讶异，好像看到屋顶、耳房、马厩、塔楼，会让他鸡鸡里的血液冻住。他趴在窗台上，往屋里看了一眼，又看了一眼，看木板搭的厨房，然后，出神地望着他手里的一只手套，用恶心的手绢擦了擦手套，然后又走回我这里，好像会折腾个没完没了。他最后还来跟我说一句话，可是我脑子里又惊慌又乱，我什么都没听到，然后他人就走了。天哪，这可能吗？我大大松了一口气，人终于可以挺起来了。我仰起脖子嘘了一口气。墙上少了几块木板，所以墙壁直通屋顶，弟弟就是悬在那里露出上半身，我看见他颠倒过来的脸出现在阁楼门口，笑嘻嘻的，心情可愉快呢！接下来几天，我几乎睡不着，只要一躺下来，或者一停下来不写，就会胡思乱想，而且我沉思的时候，我弟会突然跑来吓我，用指头点点我，乐不可支地嘲笑我。但他一乐就忍不住自己去捏自己的裤裆，像有内急那样："哟喝，先生想他的白马王子哟！哟喝，先生恋爱了！"

我生气了，气得我眼睛流出红色的眼泪。他这句话是什么意思，什么恋爱了？去他的！喏，这些就是我们的同类，以后我还会提到他们，到时候就知道为什么了。

四

夏天早晨，爸爸去湖里展展身手，都会先用脚指头测测水温，就像熊下水前那样。我平生第一次走在往村子去的路上，差不多也是同样的姿势。我用靴子前端探探路上车轮压过的痕迹，可是泥土地不会像水一样让开，它似乎撑得住我的体重，我就头也不回地上路了，愿上帝保佑我弟。马跟着来了。我不可能两脚分开地骑在马上，因为我会有感觉。如果爸爸还在世界这一头的话，他是不准我这样的，这个我很清楚。再说，这几年，马越来越矮，要是我骑上去，它肚子就会摩擦到凹凸不平的路面。我不愿看到动物白白受苦。

这让我想起有一次我弟做的好事。啊，那些可怜的小鸟。大家都知道抓山鹬要做什么，但也应该理解它们。弟弟捉了四五只山鹬，我不知道他是怎么捉到的。他每次都在它们身上涂一层"笃耨香"，要是我没记错这名字的话；然后用火柴在它们身上划一下，再一只一只把它们往空中抛。我弟呀，心里好像只想这些，光会使坏心眼。你说那些山鹑还能怎样，它们都抓狂了。唉！人性嘛。它们飞起来，以最快的速度撞上教堂的窗玻璃，就这样一只接着一只，看着自己成为火鸟，让这场最受煎熬、最惊心动魄的酷刑圆满完成。这种事要我做我也会，我跟你保证。爸爸知道了有这么可恶的事，想也知道他会拿独家的扁人功夫来伺候我弟，因为爸爸正好怕火怕得像要被鬼拖去，我忘了我有没有写过这个。可是那天挨那一顿揍，天哪！可怜的弟弟。他躺在草皮上好像死了一样。现在，这些往事和这该死的星球上任何其他事有什么两样！

我走进松林里，一点也不害怕，而本来应该害怕的，不过有个感觉比这个更奇怪呢！我觉得自己被马呼出来的气往前推。这很奇怪对不对？我时刻都怕会发生不寻常的现象，比如天空裂个缝，或是脚边一直喷出闪电，阻止我走下去，又或者路上每转个弯就会突然出现断崖，底下沸沸腾腾地冒着好大一股紫色的烟。不过这些事一件也没发生，所以我继续往前走，我心想真是鬼才相信。有一股很多东西掺杂在一起的味道呛得我受不了。天知道它是突然从哪儿飘出来的，吓了我一跳。因为要是一股莫名其妙的味道突然钻进我鼻孔，我会吓一跳的，就像我趴在字典上打盹的时候，会突然两腿蹬起来，因为弟弟把沾了香肠汁的两根指头放在我鼻孔前，然后一边笑一边跑掉。我在后面追，骂他，骂他窝里反，哼！不过，来到了松林边，周围一大片蔷薇花，味道好好闻，就好像有个小仙女逗我玩，故意吓我一跳，并突然从魔法袋里掏出一把香气洒过来，就像在王子脚前撒花瓣一样。我觉得这是个好预兆。

这时候其实我心里很慌，因为在天空底下，

没有什么东西是纯粹的。从我记得发生在我身上的事那个年纪开始，我就没离开过我们那个地方，活动范围这么受限应该让我很吃惊的，可好像没有。除了我刚刚说的那种香味以外，一路上都没有中断的地方，我脚踏出去的每一步路都在同一个空间里。到现在我才真正明白以前字典里说的，地球真的像洋葱一样圆圆的。走到路的尽头，要是我还看得到被我抛在后头的自家的屋子，凭良心说，我不会太吃惊。我走的时候也把铲子带来了，万一路上遇到蛇啊狮子的，好保护自己。可是，想得美咧，它在我旁边地上拖拖拖，发出吱吱咯咯的摩擦声，和在离我们家台阶三步远的碎石子上拖过去的声音完全一样。真应该出去走走！我心想。

嗒，就这样啰。我本来想到一个很不错的办法，就是应该准备一条绳子带去。以前我也拿过一条皮带勒住马，因为我早就说过它那个重重的肚子会往下垂，皮带会在它松松垮垮的肉上勒出两道凹痕，绳子一头垂在地上，好像鸡鸡一样。买来的棺材要用这根绳子绑住，让马拉着它走，这样我才能随自己高兴在菠菜田里玩，嘿嘿！不赖噢，我这个书记员。突然，村子出现在我左边，被一排树遮着，我一愣，人动也不动地杵在那儿。这时候马的头贴近我，热乎乎的脸靠在我肩胛骨上，因为它都是头低低地走路，就像那些见多识广的动物一样，不用浪费精力再见识什么了。

我突然一愣，因为和我想象中的村子完全不同，那样子太不可思议了。我本来以为我会看到有护城河吊桥的宫殿，还有像日本萤火虫一样的飞毯在上面飞来飞去，会看到凉鞋，看到母羊，还有闪闪发亮的盔甲就像圣女穿的那种，至少会有这些吧！可是实际上不过就是一间间屋子，和我们的差不了多少，只是比较漂亮，比较没那么旧，而且稍微小一点点，就像是婴儿屋子，要是我知道婴儿是什么样子的话。我立刻就

认出了教堂，这是当然的啰，不用多费口舌，教
老猴子学神学了。我把铲子搁在树下，想等回来
再来拿，因为我觉得野兽不会成群出现在村子
里。

　　进了村子以后，第一件让我大吃一惊的事，
老实说，是那些钟，因为它会响，我从来没想过
可以把这两件事连在一起。我来解释一下，我刚
刚说不需要教老猴子什么什么的，是因为教堂那
些个，我早就都知道了，从我记得被揍的那个年
纪开始，爸爸教过我们教堂里所有的一切，包括
里面的、外面的，看着字典里面的图片学，中
殿、祭廊、耳堂的交叉甬道、钟楼，等等。爸爸
非要我们学这些不可，而且一点都不开玩笑，学
不会就挨揍。你以为我们喜欢这样啊？如果问我
一个问题：钟是干什么的？我的回答永远都是
"当——当——当——"。因为什么都考不倒我，
而且这是正确答案，可是我从来没把有时候会传
到我们那里的回响声和钟联想在一起。风从松

林那边往我们屋子方向吹的时候就能听到那个声音，我原来还以为是从云上面传来的，有点像一朵一朵的云混在一起时，或者是它们圆滚滚的肚子轻轻撞在一起时发出的声音。嗯，还有什么，不过这时候我才明白那声音其实就是"当——当——当——"，就是这座教堂一向大名响当当的钟声，我以前怎么可能知道呢？我们那里的教堂钟楼上又没有钟，而且我又不是先知。不过这个发现让我心里非常感动，我想也没想就在教堂前广场上坐下来，好像天地间只有我一个人。我觉得这个声音好悲伤，它让我有一点点啜泣起来，因为它也是这个地上的声音，而云除了有打雷声以外，什么都没跟我们说。可我不是来这里玩的，我跟我自己说。

第二件让我吃惊的事，是我到村子才三分钟，就看到了一个同类。我不知道我为什么知道这个同类是圣女、妓女这一类的。她穿着黑衣，很像其他同类，如果要我讲点意见的话，她驼着背走路，让人看了不忍心。她在这尘世的时间应该比爸爸还要久，因为如果把她的脸比作萎缩的马铃薯，那可真贴切。她看见我有点吃惊，就好像看到让她不舒服的东西。她两手交叉，紧紧抱着袋子，挤着她那两团肉球，我觉得她根本不必这样，因为我一点也不想要那个袋子，何况她人是在马路的另一边，我们中间还隔着一匹马。

"爸爸死了！"

我对着她喊。可是她到底听不听得懂我嘴里发出的这些声音？光看是看不出她是圣女还是妓女，或者其他等等这一类的，因为我没什么经验，也不懂那些字典里没有解释的。也许你不相信，不过我知道自己的不足。而且，别太相信这个同类的那两团肉球能证明什么，这个证据不可靠。但我还是想跟她表明我没有不良企图，我不喜欢看到有人白白受痛苦。我又对她喊道："老妓女，愿上帝保佑你！"因为二选一，总会中一个。

不过，我来这里毕竟不是为了祝福我的同类。再说，我眼泪都干了，我沿路往村子更里面走。我不知道哪儿来的胆子，我想是我对爸爸的责任感在支持我。以前，爸爸还在时，我没有什么理由去跟邻人说话，可是他现在已经不在了，不能为自己说话了，所以必须有个人负起这个责任，还要帮他找套杉木服装，这就得让我全力以赴。我已经违背了爸爸的禁足条例，那个条例里写着不准跨出我们这一区。可是我注意到，这个约束一旦被打破，其他就很容易跟着被推翻，就跟我在小树林里穿过银色水珠般的蜘蛛网，头发上会沾满晨星一样容易。

百货店，一个字一个字写了出来。对不起啊抱歉可是书记认识字。这是一间大屋子，有几扇大玻璃窗，透过玻璃窗往里看，能看到各式各样的商品。我把马留在马路中间，带着身上的钱走进去。里头好多东西家里都有，可这里每样东西的数量都好多，例如有些食物装在纸箱里，还有一样东西是家里绝对没有的，那就是一个"小毛头"，就是这样叫的，他说不定只到我的膝盖高。我问他能不能拿我的钱换一个装死人的箱子，不过要是人家问起干河床上像爸爸尸体颜色一样的白色石头，我也准备好了怎么回答。我把手放在小毛头的头上，他的头发是金色的、软软的，让我很有感觉，不骗你。这种小毛头啊，我弟和我以前在图片里看过好多次，像气球一样会飘到天空去，因为他们背上有一对小小的翅膀，而且还没有完全蜕毛以前，脑子里会一直对地狱有印象，啊，小鬼等等呀！我和你没有了结以前，你别想升天。我把手放在他头上，像我刚刚说的那样，可说不定他一点也没听懂我从我像跳板一样柔软的舌头里发出来的声音。谁知道呢？一个字一个字在我脸颊包住的口腔里形成，舌头把它们一个一个很快地扫出去，快得让人想不到。这些说不定都高高超过这个小毛头的脑袋瓜，他虽然有翅膀，但身高只到我的大腿。

　　我全神贯注模仿尸体的样子，好让他明白我的意思。我闭上眼睛，身体装得硬邦邦，用食指比比我嘴唇上面，因为爸爸那里有胡子，然后翘起鼻子点了点放在旁边的箱子，希望他能把意思连起来。可是你想得美咧！这时候一个妓女走了过来。

　　这个妓女从"商店后间"走出来，那地方就是这样叫的。她穿着黑衣服，应该想得到的，她头上戴着小帽子，我觉得那是这个地方最最古怪的东西，一层灰色的纱低低遮在眼睛上，好像有什么东西她不想看，或者只想朦朦胧胧地看，好像光线太刺眼的时候会用手挡一挡一样。她一边走过来一边把手套戴上。她跟我说他们今天不做生意，因为有事，要去参加葬礼。我回答说，呃，我正好也是为这个来的，心想：消息传得还真快。看不到她眼睛我就没办法判断她是否跟我一样属于聪明这一类，还是没比弟弟那种傻瓜高明到哪儿去的那一类。这让我很不舒服，因为除了眼神，还有什么可以把一个人和他未来的尸体区分开呢？我可是在那里很努力的，不信你来试试看怎么跟这个妓女解释，下葬以前尸体一定要先装进有洞的箱子！她一直说"我们不做生意了，我们不做生意了"，你听不懂吗？欤，不是说不做生意该做的事就可以不做的，我跟她说，而且我挺得硬邦邦已经很累了，在快要像炮弹一样炸开的时候，我还是忍住了，可又脱口而出，说："事情很简单哪。你和小毛头给我一副棺材，我把我的钱给你们，然后就可以把尸体放在里面，再挖个洞放进去，就在松林边挖。"

　　呜的一声。她突然啜泣起来，让我愣住了。我不懂爸爸死掉怎么会让她这么难过，因为爸爸几乎全部时间都和我们一起在尘世，一点也看不出来这个妓女跟他关系密切到一提他的尸体她就哭。我有哭过吗？我还是他儿子哩，真的。她用手绢捂着鼻子，拉着小毛头，走到商店后间不见了。那个小毛头走的时候还转过头来看我，指头含在嘴巴里。我听到她说："你走吧，你走吧，我受不了了。"天哪。我看到有两个人往这里来，真是命中注定哪。一想到去跟他们解释我要的也得不到什么结果，我不禁叹口气。我留给你去猜他们穿什么颜色的衣服。好怪，怎么大家都穿成这样！我忍不住要在这里插几句话。他们简直僵死在他们的衣服里，哎哟！我不知道他们是不是每天换新的或什么的，不过他们应该还不习惯看到一个死了爸爸的孤儿。他们看我的样子就好像我额头上长了象鼻子，其中一个人走到我旁边，轻轻抓着我两边的肩膀，虽然这个温柔的动作让我有点感觉，但他要我从刚刚进来的地方走出去。他跟我说了下面这句话："请你体谅她，她先生要下葬了。"

他跟我说承办丧事的店在这条马路的另一头，如果我要找棺材，那里有我要的。可他也跟我说，因为要办葬礼，所以那家店今天没开，乡政府也一样，好像我应该去乡政府申报死亡。他还偷偷塞给我一张名片，我用我像牛一样的长舌头舔湿，贴在这里：

> **罗沙里欧·杜贝**
>
> *律师/治安法官/公证人*
>
> 圣·阿尔多市主要大道12号

我回到路中间的马旁边，看到它眼神好像在问我事情是不是都办好了，我老实跟它说还没有。我用指头勾着它的嘴唇，难过地拉着它往前走。我们懒懒散散地走着，装出一副可怜相，因为要是我没带棺材惨败回去，见到弟弟，我还能有什么表情？我坐在台阶上，前面两步的地方有一坨狗大便，那副尊贵的样子很好认。

我坐在这里就是因为它，因为苍蝇已经聚在上面了。这都是为了我们那个差不多可以说是唯一玩具的青蛙，有时候得帮它储备粮食，用我讲过的那种方法喂它，而且徒手抓苍蝇没人比得上在下我。我可以同时一只手抓一只，我弟跟我一比就差得远哩！可是这时候我没那个心情，我们专门用来装死昆虫的罐子也不在手边，所以这时候我只把握在拳头里的苍蝇捏扁，让它们掉在地上死翘翘。我心想，反正没什么用。

这时候钟已经不响了，我不知道我刚刚是不是忘了说，因为我躲在这角落不得不写得很快，没办法再重看一次。可是我才打死九只苍蝇，钟声就又开始响，这次只有一座钟在响，又刺耳又很低沉，就像快死掉的小孩的心跳声。

这时候大家纷纷从分散四处的房子里走出来。这些同类你要多少有多少。天晓得他们从哪个拐弯的地方冒出来，我一只手数完了，两只手数完了，然后两只手又数了一次，这里至少有四十又十二个人，一个比一个看起来更同类，我跟我自己说见你的大头鬼，我才不怕呢！这时候有个同类往我刚刚去过的那个教堂走去。马和我，我们就像两把成对的枪，除非是我连这个都不懂。不过，从他们的眼神来看，没有一个人欢迎我。

还不用到这种程度就该有反应了，所以我站了起来。百货店附近，已经聚了一大群人，就像图片里的羊群，他们最喜欢的就是前面那只羊的洞，因为有一股让人安心的气味。他们走动的时候就像一只有五十又十三只脚的动物，所谓"多足纲动物"。这个地方的习俗想必是大家会在有人死掉的那一天集合，因为我这些同类都一脸丧气的样子。我说过这个没有？现在是秋天刚开始，有些还带绿的枯叶掉下来，掉了满地，我跟自己说这些叶子真是配合场合。红色的季节一开始，蚊子就遭殃，它们一定会变少，不过也因为它们会飞得比较有气无力，所以要抓就容易多了，靠这个我一下子就能打死两只手，少一根指头那么多只。反正不管怎样，我都不想加入那一群人。他们是我的同类就让我受够了，要我变成他们中的一分子，门儿都没有。何况他们会让我这么做吗？我很怀疑，待会儿等着看好了。据我的判断，妓女和圣女跟其他类的人一样多，不过小毛头就比较少，明显少多了，我不知道他们会被藏在什么我看不到的地方。而且我不明白为什么，最小的那个大概到我的肉球那么高，头上戴着爸爸的那种帽子，表情很难过。他是小毛头。不管怎样，要说起翅膀啊，他身上的也一样发育不全。这时候，棺材从百货店里抬出来。

　　什么棺材呀，简直是六块木板盖成的宫殿！我从来没看过这么漂亮的东西！连马都做了它好几个月以来从没做过的事，它嘶嘶叫。马嘶鸣了起来！我跟我自己说，看他们那么细心照料那口箱子，里头应该不会装东西，如果你要问我意见的话。我心想，如果这么看重箱子，我觉得那就表示里面空空的。这么豪华的木箱，里头却空空如也，这一定不会有什么好事，信不信由你。我心想，一个木头做的堡垒，却什么也不保护，然后呢我还要说什么，却没办法很清楚表达我的想法，唉哟喂，连我也会发生这种事。

不过，你应该看看要是这些都由弟弟来写的话会怎样！

刚刚吹牛说死的是她丈夫的那个妓女，现在走出来了，很神气的样子，手帕捂着鼻子，一只手牵着她那个小天使的手。小天使显然没想到是这样，表情很讶异。

我对他油然升起一股同情心，就像孤儿对孤儿的感觉，要是我站在他旁边，我会偷偷掐得他身上瘀血。

那群人变成了一条身体长长而蜿蜿蜒蜒的动物，像是有爪子的蛇，而且口鼻的地方是一副棺材。我老觉得那里头随时会吐出一根分叉的舌头，虽然根据我以前读过的书，有洞的箱子不太可能自动从里面打开来。我没有跟上去排队，因为你想也知道我会保持距离，但这条爬行动物的最后面还没有挪动半点，最前面会发亮的头部就已经进了教堂，这座教堂只有一座钟"当——

当——当——"撞着我的太阳穴。

我站在那里身体左右摇晃，不耐烦地把牙齿咬得咯咯响。快点哪！我在心里暗暗对他们说，快一点呀！不过有件事情必须先讲清楚，就是葬礼的时候什么都要慢，跑步是很失礼的——这毕竟还符合斯宾诺莎的理性和《伦理学》理论，因为这样表示大家想赶快摆脱那个已经不存在的人，而那些死掉的人会觉得被冒犯了。一个人越什么都不是，就越需要精神上的支持。所以呢，那些翘辫子的人需要无微不至的关怀，因为人死了以后，就需要人帮忙。活人自己会帮自己，要死可以让他们自己去死，如果你要问我想法的话。照我看，事情真的就是这样。我最近才从一本字典里学到，应该在埋死人的坑上面的石头上放花，因为这样他们就不会觉得我们把他们放在坑里是为了好玩，而会以为我们还想着他们，觉得我们终究还是希望他们在尘世。而且我好喜欢花，从来没有人送花给我，像我读过的最美丽的故事那样。要是我把自己放进洞里，不晓得弟弟会不会带花来给我，表示他终究还是希望我陪他。可是你想得美咧！好啦，这就是我对这件事的看法，其中当然还掺杂着对爸爸的回忆。那回忆很鲜明呢！看着最后几个送葬的人进了教堂，我还站在广场中央，两只指头勾着马的嘴唇。

五

人家会骂马和我，我们两个怎么也跟着到里面去，可是他们想过是什么把我们吸引到这至圣所的吗？是音乐。我跟自己说，他们怎么这样对待一具尸体，他又不是来这里消遣的。我很讨厌音乐。因为音乐啊，你听好了，它卑鄙下流，是一只贪吃的章鱼，会吃了我们。只要它出现在离我一百米的范围内，我的心就会不见，我的心本来在我身体里住得好好的，这时候却从那里跑出来，我只能愣愣看着它在地上爆炸。就算我把眼睛闭起来，它也会弹回我的胸口，像子弹一样钻个洞。这个洞是个活的伤口，每个音符都会让它再次活过来，我会死得很甜蜜，可也是很残酷、很恐怖、很让人痛苦，就像人生。别说这会在我们的心灵留下可怕的回忆，如果是好的回忆，很可怕，因为只是回忆而已；如果是不好的回忆更可怕，因为这表示要等到我们跨进坟墓才会放过我们。谁知道在坟墓里又会怎样，说不定那边比我们说的这边更糟糕，我不知道人家懂不懂我的逻辑。

不管怎样，我知道我自己在说什么，在什么都是爸爸下命令的时候——昨天晚上都还是呢——我们家里也有音乐。乐器里有两个比较特别的，头一种是爸爸自己用他的指头、嘴巴和我的两只脚弄出来的，我到后面再来说这个，它值得再回头说；另外一种是小仙女弄出来的，可我要先跟你说一件事，这件事很奇怪，信不信由你。爸爸有一台魔法发电机，那台机器一直在他房间里，只有他到松林另一边的山上去的时候，才会把它背在背上、夹在腋下带去加满油。如果我没弄错的话，我弟和我从来不想去碰那台机器，因为会挨揍。说这个是为了让你知道这个法力只有爸爸才有。有一天他兴高采烈地跟我们解释。看他那开心的样子，我们觉得很好笑。宇宙间有一股巨大的力量，这股力量本来是在天上，闪电、打雷、刮风等这一类的就是证明。不过，人家硬是敢放火烧衣服，都不敢让人相信。可是那股力量，也可以说是精灵，我们能把他们招来，他们出现时身边都会带着一圈火焰。要是我们知道该做什么动作，就能捉住这些精灵，把他们装进盒子里，而且要是你有很棒的绳子，可以把盒子绑起来，把这个盒子和另外一个盒子绑在一起，另外这个盒子就可以把被关在黑色圆盘里的仙女放出来，放音乐给我们听。因为魔法的关系，宇宙所有的东西都互相关联，我想要表达的就是这个。爸爸把自己关在房间里。在这时候甚至连呼吸也不能出声，不能让他知道我们还在这个世界上，爸爸要求绝对安静，好让屋里到处充满旋律，要不然可要小心挨揍。我背靠着另一边的门缩成一团，一声不吭地呼吸，就像我的朋友螳螂一样。

有件事请你要了解，我常常在晚上看到蚊

子向着会把它烧焦的蜡烛飞过去，我和音乐之间的关系也是这样。弟弟缩成一团窝在我旁边，就这样他也会扑哧一声笑出来。我弟他就只会这个，不是笑就是哭，要不就在我身上手来脚去。嘹亮的音乐声响起，我和我弟常在这时候捏着鼻子，用鼻音说话玩。有时候爸爸的声音比音乐还大，盖过它，把它摧残得刚刚好，感觉既恐怖又很动人。

　　不过我刚才也跟你说有另外一种音乐，是爸爸用他自己的指头、嘴巴和我的两只脚弄出来的。在屋子里，图书室的字典旁边有一个乐器，我想那东西现在也还在那里。这是个非常复杂的乐器，共有三层，每一层都有键盘，还有几根大小不一的管子，我脚底下还有个泵，要踩它才能把气打进管子里。弟弟两条腿力气比较大，我是实话实说，可他老是发癫似的笑，然后想也知道他会白白讨打，但他照样控制不住地笑个不停，所以爸爸就派我来操作泵，把气灌进管子里。这个我做起来很费力，而且会影响到我的心灵，让我像有罪的玛德莲一样痛哭流涕。我低下头，用力踩，再用力踩，然后眼泪就从脸上流下来，沿着我长长的头发滴下来，就像蜘蛛垂在它吐的丝下面。踩了一个小时，我已经喘得不得了，累得不成人形，人们是这样形容的。其他那些短笛、竖笛，还有铃鼓什么的就不说了，等时候到了再来说，和公山羊还有其他那些乱七八糟的东西一起说。

而这个时候会让马和我昏倒的是，教堂这种音乐声和爸爸那台管子乐器发出来的一模一样。就是莫名其妙被这个会把我烧成灰的音乐吸引住，我们才会进到教堂里。

而且我告诉你，自作孽不可活，这句话真是不假。我带马从宽宽的通道往前走。正前方不遮不掩的就是一副棺材。神甫有气无力地晃着香炉，他已经是老猴子了有经验得很，眼皮垂得低低的，嘴里嘟嘟囔囔，好像深沉地思索着什么痛

苦的事。我们一进门就很引人注意。我手里拿着
钱袋，把它举到肩膀高，表情悲伤地一边往前
走，一边把钱袋亮给坐在板凳上的人看，还装出
一副可怜相，嘴里一直说：拜托、拜托，给我一
副棺材。我不知道这村子里的人心肝都到哪儿去
了，这里的人好像都缺这个，我这是实话实说。
不过，说真的，这个村子还是有救的，驼着背坐
在第三排的那个老妓女，至少她看我的眼神没有
怨恨，我甚至觉得遮在灰色面纱后面的她好像在
对我笑，很像是一个表示同情的微笑。这整座教
堂里只有这个老妓女有心肝，希望造物主以后会
让她轻轻地死，就像花、蝴蝶的那种死。这是我
为她许的愿，我永远不会忘记这个体贴的微笑。
这时候，两个人从后面抓住我，这我也无可奈
何。不知道他们是不是我刚才在百货店里看到的
那两个，有时候我觉得宇宙间所有的东西都是可
以互换的，不过我是羊痫风，还来得及在脑子里
大声对他们喊："这个音乐会吵死人啦！"我直

截了当当面对这两个人说，对所有在场的人说，除了那个微笑的老妓女，我还来得及匆匆回她一个微笑。只是他们有两个人，我不知道我有没有忘了说这个，我是说刚刚很卑鄙地从后面抓住我的那两个人，他们一定比较强壮，谁也没办法和自然法则作对。

不过，我们发生的这些事，让马惊慌起来，激动得克制不住，它一蹦就跳到教堂外，像火箭似的窜走了，速度快得我都不相信它这么能跑。它掉头往我们一起走来的路上跑，肚子贴近地面，向松林嘶叫。松林另一头就是我们的屋子和一直没棺材的爸爸。天哪，这可能吗！他们把我丢在教堂前广场的路中央，用食指指着我，威胁我，吓唬我，可是来不及了，我自己也搞不清楚状况，就突然"凝定"①了。

我不知道我这样子在广场上待了多久，因

———————————

① 指羊痫风发作。

为我"凝定"的时候，时间或者收缩起来，或者伸展开来，或者转圈圈，抓不准的。我又能动了以后，它才又笔直往前去，可魔鬼才知道这当中发生什么事。瞧瞧我的手举了起来，舞着爪，十根手指甲插进天空，头歪向一边，一动不动，眼睛注视着一个超级没有意义的东西；再瞧瞧我嘴巴开开，屁股翘翘的，好像彗星快要从屁股喷出来，别人大概以为我是颗石头，可是他们不知道我"凝定"的时候，人里面其实是活蹦乱跳的。我看东西就好像从脑袋瓜里透过肉眼这一扇窗子往外看。我观察四面八方的一切，什么都逃不过我的眼睛。我攀在我身体里面，就好像躲在阁楼里，从眼洞窗窥视这个世界，这个词也有一个"眼"。要是我动一下最小的那根指头（人家都把它叫作"小指"，因为我们都是用这根指头搔那个洞），宇宙可就危险了，搞不好会炸得四分五裂，我说呀，这是指我"凝定"的时候的感觉。有时候我也没办法，老是有一只脚控制不住地一直抖，这让我非常焦虑，简直像大地怒吼，我必须控制住我的脚，但不要用我的两只手，以免引起宇宙大灾难。控制脚不抖比脚踩管子风琴还要难，那乐器就是叫这个名字。爸爸也很容易"凝定"，我不知道我是不是忘了说这个，这是家族遗传。

不过，时候一到，所有的人都跟在棺材后面走出教堂，我在想他们是不是会跟到坟墓去，然后全都被什么东西蛊惑住，变得昏昏沉沉，都一起跟着埋进去，就像我们以前那只狗，每次我滴血的时候，它都紧紧咬着我的鞋不放。后来爸爸甚至为了这个把一坨蛀虫放在它的食物里。我以后再来解释滴血的事，这件事有点怪，它就是很怪。

那一群人又来到了街上。显然，大家还不习惯把我当同类，他们都用眼神表示不欢迎我。每个人都围到我旁边，好可怕喔。我只要跟你说这个，我天灵盖里就发起疯来，疯得我有点脱离了我的"凝定"。我用左脚为定点转动身体，慢慢地转，顿一下顿一下地转，就像那个像人头杖的求道人，还要很小心，让身体其他部位的姿势保持不动。我不知道说得够不够清楚。渐渐地，围在我旁边的人散开了，他们往后退，好像怕扯进我这些与他们无关的事里。我就这样逆时针方向一直转，转了多久我自己也不知道，不过，我一脱离"凝定"，就又有了时间感，而且我觉得只要我继续转，那一群信教的人就不会再围过来，而是消失在马路另一头，躲得无影无踪，反正我觉得，这不关我的事。可是他们没有全部都走光。这有个理由，但我希望他们有人能跟我解释，因为我不知道为什么，他们还留下了几个人观察我，好像我是教皇屙的大便，我意思是说他们对我好奇得很。他们往后退几步，停下来看我一眼，接着又退后几步，再停下来看，就这样子，直到所有的人都不见了，我一个人孤零零被遗弃在村子的广场中央，就像是霍乱肆虐过后的荒芜王国里，唯一劫后余生的王子。四周安静得很，只有风扫落叶的声音。

终于，因为回到了尘世间，就什么都来了。我面前出现了两个人，还有另外两个人，这些狡猾的家伙好像成对成对来的，我不想写他们穿了什么古里古怪的衣服，除了我右边这位穿着神甫袍子以外。可是他不是神甫，不是我以前看过的那个一边沉思、一边提着香炉在死人身边绕的神甫，而且这个人年轻多了。

"你是谁？"另外一个人问我。

我怕挨揍，装作没听见。

"你从哪儿来？"穿袍子的那个也问，"从松林那边那栋房子吗？你来这里做什么？"

我不敢提起棺材，你想也知道，我怕提了以后他们只会跟我瞎搅和，因为我已经渐渐明白其中的文章，而且，讲话要注意场合，可别在有人上吊的家里讲到绳子。

"跟我们走。"穿袍子的那个人轻轻把手放在我肩膀上，这个温柔的动作让我颇有感觉呢！

他又加上一句："我们不会伤害你的。"这样我就赚到了。我刚刚的"凝定"不过是众多记忆之一，所以我就跟着他们走了。如果他们不会伤害我，他们要我怎样都行，这是必须吸取的教训。这是因为我是驴子座的，我的个性也像这个星座，就像小牛和小猪。

六

我跟着他们走，一面用我的嘴巴和眼神做尽表情，装出一副可怜相，让他们觉得我很可爱，想让他们对我好一点，在这次风暴中帮我一把。那位神甫看起来不凶，他的袍子脏兮兮的，上面沾满了粉笔灰。我觉得可以信赖他，他看起来比邻人更像我的同类。爸爸以前也是神甫，在他还很帅的时候。另外那个人腰上佩了一把枪，我觉得这个很刺激，因为看图片，我以为那个很小，就是那个开火的武器，可是实际上，天哪，它跟我爸的鸡鸡一样大。

我一边走，一边把我的记忆倒回过去，回想我们以前生活里的点点滴滴。那些都不会再有了，因为在这尘世间没有什么是永恒的，例如爸爸在楼上修炼时发出来的声音，或者是我们三个一起吃饭，还闹着玩地帮青蛙围上围兜喂它吃苍蝇，还有爸爸在木料仓里把受刑罚的义人从木箱里搬出来那个细心的样子。爸爸死了，义人以后大概会比以前更不知所措，我细细回想这些事，这样正好能帮我装出一副可怜相，因为这会让我心里乱糟糟，让我难过起来，让我会有想哭的感觉。这个词很有意思，"回想"，我不知道是不是真的有这种事，这个词的意思是"把记忆倒回过去"。

现在，我希望大家集中精神，因为接下来这些事情比较复杂。

他们先把我带到"乡政府"去，这地方就叫这名字，因为我看到大门上面这样写着。这屋子好看极了，里面干净得让人想拍手，想穿着亚当天然服在里头散步，在那几个发亮的玩具娃娃中间打赤脚跳舞。我们走过一条走廊，这条走廊让我想起我们那里的人物画像馆，我以后一定会说到那个馆，因为几个小时之后，我突然灵光一现，这些人物让我明白我在这尘世间的身世。我们走进一间里面都是桌子、椅子和灯的小房间，每一盏灯都有一条细绳子连到天花板上，然后用魔法就可以把灯点亮。陪我一起来的那两个人，一路上没跟我讲半句话，可是他们互相讲很多话，讲得很热烈，也很焦急，我这么觉得。而且神甫管那个佩着好大一把开火武器的人叫"警察先生"。我在小房间里看到的第一样东西是，有另外一个人在里面，不过一开始我只看到桌子上有两只脚叠在一起，还有两只手，因为屏风挡住了他的头，但我立刻就觉得这个人可以信赖，因为他手里拿着一本标题是《恶之花》的字典在看。他们让我坐下来，然后警察问了我几个问题。

"你住在松林那边那栋房子里，对吧？你爸爸就是沙颂先生？跟着你的那匹马是他的吧？"

我晃呀晃着上半身，就好像我在脑袋瓜里哼着曲子。我迷迷糊糊看着前面，可一个问题都不回答。"沙颂"这个词奇怪的是，我在一堆字

典中间打瞌睡的时候，突然很清楚地听到它出
现，它速度飞快地在我耳边响起，然后又很快溜
走，就好像我们夏天打赤脚走在湖里，感觉到鳟
鱼从大腿间滑过去。我觉得那个词和我有某种关
联，而且是我这个人最内在的一部分，其他所有
的词都没它这么贴近。事情是怎样我就照实说。
沙颂，这个词这时候吓了我一跳，让我从瞌睡中
醒过来。

神甫和警察继续用问题烦我，可能我一副
什么拉丁话都听不懂的样子让他们很困扰，可是
我并没有使什么坏心眼，他们却苦苦猜了又猜、
推敲又推敲，而且我跟你说，就算我对那些事情
了如指掌也没用，我简直不敢相信爸爸是这么重
要的人。

甚至连警察先生都有一把灰色的大胡子，
好像他也想模仿我爸！这真像是他那把胡子，人
家搞不好会说是从我爸脸上飞过来的，就像我朋
友蜻蜓那样飞，就像所谓人死了灵魂离开宿主以

后，又回来落在警察先生的嘴唇上。

警察先生还有穿袍子那一位很快就决定不用太礼貌的"您"来叫我，而叫我"你"，有时候这样比较容易进到我耳朵里。他们问我爸是不是出了什么事，我终于让他们知道我跟其他人一样听得懂人讲的话。我回答说，他今天一大早死了，这句话的效果简直立竿见影。

他们要我再说一次。这消息终于要流传出去了，它已经是真的了，但再说一次不是我擅长的。"我们今天早上发现他整个人吊在绳子上，事先都没通知一声。"

我坐在位置上说。神甫在他的胸脯上画十字。警察先生就镇定多了，他真的比较镇定，因为他脖子上没有挂受难十字架，所以不会一直想要去摸，不像小弟老是习惯去摸那个你知道的。他语调柔和地跟我说话，好像我是非常非常脆弱的东西，必须对我很慎重："你刚刚说：'我们发现他。'我们，指谁呀？"

"爸爸有两个儿子，"我说，"我和我弟。"

他们吓得缩了一下脖子，好像鸽子走路脖子一缩一缩的。他们盯着我看，好像我刚刚说了什么吓人的事，唉，你搞得懂我这些同辈、朋友的吗？警察先生比了个手势，意思好像是待会儿再谈这个，然后他又问："你妈妈呢？她没有跟你住在一起吗？"

"家里从来没有妓女的。"我说。

看他们一脸讶异的样子，我心想，这需要做一点说明，所以我又加了一句："所有的妈妈都是妓女，高兴的话，也可以叫她们圣女，这两个词差不多。"

穿袍子那个人立刻打了我两下，一下用手掌，一下用手背，都用右手，写时迟，那时快，我本来想把指头伸进我裤子里，沾点血丢他，可是这天我正好没有血，那个伤口好了，血要下次才有。

这时候，那个我只看到他手和脚的第三个

人从椅子上站起来，我立刻认出他是来过我家的同类，还惹过我，而且是个王子，弟弟就戏弄我说我恋爱了，哼。

这个人对每个人说的话好像都很有兴趣，可他自己什么也没说，就像猫，或者像智者。他叉着两只手，一边的肩膀靠在墙上，好奇地打量我，表情很严肃，我不知道他这是为什么，说不定他也恋爱了。只要一看到他，我就想用我的舌头舔他整张脸，把他鼻子含在我嘴里，有时候我脑袋瓜里、我身体里会有一点异样的感觉，怎么会这样我自己都觉得好神秘。他手里还拿着刚刚那本字典，他用一根指头当作书签夹在书里，这个小动作我好喜欢，因为我自己也会这样，而且常常这样，每次看书看到一半，书里写的让我想到帅帅的骑士，我就会停下来，把指头当书签，开始幻想。那个神甫，他退到了角落，坐在一把椅子上，两只眼睛像碟子似的盯着天花板。答应过不会伤害我的这个穿着一身袍子的人，他说话不算话，他的话还不如从洞里喷出来的彗星有分量。

可是说到妓女，我想要跟他们解释，我记得有这件事，好像在很久很久以前有个圣女把我抱在她膝盖上，有一股闻起来香香的味道，而且这个香香的圣女另一边的膝盖上还有一个小天使，这个小天使和我简直是一个模子印出来的，我弟就是一直想说服我这个。可是真的有过这件事吗？真的有这个圣女吗？

神甫又走过来，一副天快塌了的样子。弟弟告诉我狗死掉的那一次，也是这副模样。而我呢，我才懒得管他，就像我爸说的，神甫一直说："她疯了，要不就被魔鬼附身了。"照我看，穿袍子的人不懂字的阴阳性。我不太知道神甫的口水是用来干吗的，不过他两边的嘴角都有干掉的小泡沫，有点灰灰绿绿的，像嘴边的海藻，信不信由你。这是我第一次在同类身上发现这种东西，不知道这个是不是没那么稀罕或什么的，反正我很讨厌这个。没有血的时候，我用眼珠子丢给他一个不屑的眼色，里头有小小的霹雳火——按照我已经去世的爸爸的说法。

他们又讲起话来，我是说警察和神甫，他们不再把我放在心上，除了偶尔瞄我一下，而这一下会让他们惊惶地呆住一会儿，我这里用字是经过斟酌的。不过那个王子还是用温暖的眼神望着我，我一看他，他就对我微笑，我就耸耸一边的肩膀，别过脸去，摆摆架子，因为他当我是谁呀？

我家这件大事似乎让另外那两个人很受不了，一直在那边反复说我去世的爸爸是矿场主人，他一去世事情就会有变化，显然他们讨厌有变化。最后他们对我说，我必须带他们去爸爸那里。

"爸爸不见了。"

"啊？这句话是什么意思？你把他尸体弄丢了？"

"他的尸体还在，"我说，"可是他不见了。"

这没什么不好懂的呀。

"那么你得带我们去他尸体那里。"

为了向他们表示没有什么问题，我又"凝定"起来。可这次不是真的"凝定"，你放心，我只是要让他们对我印象深刻，这一点我做到了。王子轻声说，就连这样的声音，我就又那个那个了。他说："你们没看到你们吓到她了吗？她全身发抖呢！"

把我当作妓女的那个人，大概是从我两团肉球判断的，我猜。我用眼睛跟他说我很不高兴。

"矿场督察先生，我希望你别扯进这件事，还是看你的诗吧。"

警察对王子如此说。

"既然我是矿场督察，这件事也多少和我有关，不是吗？"

这两个人看起来一点也不相亲相爱，这我

实话实说。还有一件事必须讲清楚，就是警察和我弟有一点很像，他好像从来不埋头在字典里，所以那些把指头当书签的人会让他们恼羞成怒。我心想，既然他把我当妓女，如果要开战，我会毫不犹豫地说打就打，我会和矿场督察站在同一边，严阵以待。对那些从来不埋头在字典里的人，你又能怎样？

神甫和有胡子的警察下了个结论，说现在这种情况属于不可抗力，他们有义务去提醒那个感冒的"妈妈"，他因为感冒没有跟着去参加杂货店老板的葬礼，我心想，他们一定不懂词的阴阳性，到后来我才明白他们说的是"乡长"，不是"妈妈"①，因为，别忘了，书记是读过很多书的。他们对矿场督察说，这个时候要把我看牢，然后就像喷尿一样咻的走掉了。

---

① "乡长"法文为maire，"妈妈"的法文为mère，两个词发音相同，只有冠词阴阳性不同，并影响随后代名词的阴阳性。所以女孩误以为神甫不懂词的阴阳性。

我要告诉你，要是我事先料到天黑以前我会和矿场督察单独相处，我想我简直会去拿爸爸的绳子来上吊，因为我担心我心里有悸动，简单来讲就是这样，但根据大自然和宗教传授给我们的道理，我应该爱的显然是我弟，而不是别人[1]。

---

[1] 源自《圣经》里传达的一个观念："当爱你的兄弟"，见《新约·罗马书》第十三章第九节等多处经文。

七

只剩我们两个人的时候，王子做的第一件事，就是问我要不要喝咖啡、要不要一杯牛奶，或者一杯苹果酒。欸，还有什么哩？我很老实说我口好渴，渴得像在太阳底下晒的海绵，可以灌进很多水，我原话就是这样。

"你几岁？十六？十七？"

我宁愿粉身碎骨，也不想回答他，他又补充了一句："我猜，你的心几岁，你就几岁。"脸上带着戏谑的微笑。

这我就受不了了："要是算我的心几岁，那我就该有九十岁。"

"你知道你刚刚说了什么吗？"他一边去烧开水，一边说，"你在不知不觉中说了两句八音步的诗。"

我成天在大便、泥泞间打混，嗯，我跟你

说，我从来不知道有这么长的虫①。

可是我会照着人家跟我说的记下来，不去弄懂什么意思。说真的，我不知道我在尘世间到底有多少时间了，不过我觉得已经很久很久。如果我有一千岁，那我的回忆比一千岁还多。矿场督察走到办公室另一头烧开水，我不知道我是不是忘了说这个，而且因为他讲话的声音不大，又心不在焉，所以有时候我听不清楚他说的话，不过我觉得这不要紧，对他是，对我也是。只要听到他的声音就够了，我是说那声音好像音乐一样，会让我心乱如麻，让我又甜蜜又痛苦。我很想趴在地上躺平，让他一动不动地贴着我的背躺在一起，继续和我说话。

---

① "两句八音步的诗"法文是deux vers de huit pieds。vers这个词有另外的意思是"虫"，而"音步"pied，有时可做长度单位解。在这本书中，女孩就常以pied（脚）为丈量单位。在稍后，女孩又以这个文字游戏，说了一句话："让人家以为我把八音步的诗误认是蚯蚓。"

他有点心不在焉，因为他忙着弄杯子、咖啡的时候，还瞄了一下一本打开的本子，好像很不安地想着什么。我看见他拿起铅笔，改了一个字，除非是我连这个都看错。

"你是书记吗？"我问他。

他要我再说一次。可算他倒霉，我太惜字了，才不要浪费字把话说两次。

我一声不吭。他轻轻叹了一口气，有点轻蔑的意味，这让我想到我叹的那一口气。春天的时候我从水井里打起一桶水，脸红心跳地看着自己映在水中的影子，因为我眼睛颜色很美。这时候我弟故意吓我一跳，嘲笑我，我假装不在乎，叹口气跟他说："镜子真是无聊，无聊透了……"所以我不信督察叹气以后说这句话那冷淡的样子是真的。他说："唉，我想写诗呢……"

诗呀，我知道那是什么，在我的骑士字典里有很多这种东西。有时候我会讲讲笑话，让人家以为我把八音步的诗误认是蚯蚓。如果不懂我的幽默，就表示不懂在下我这个人。

"我也写东西。"我也给他来个叹口气。

他打量我的样子让我的肉球热了起来，还一直热到大腿。因为魔法的关系，这两样东西是连在一起的。要是我弟也常常像这样看我，我想，人生就会是一座魔法森林。这时候有一些字溜到了我嘴边：

"是爸爸要我们两个轮流当书记的。'这是儿子应该做的事'，他曾声音洪亮地这么跟我们说（我不知道怎样叫作声音洪亮）。虽然我自己乐意做，不故意装可怜，但我弟他只要一想到这个就倒胃口，他也被强迫写天书，和我轮流每人做几天，光是读那上面写的就让人想笑，要是还笑得出来的话，因为有时候，我实话实说，弟弟只是做做样子，用铅笔乱涂几行字充数。他真是傻呀我弟，真是个秤砣。可是，爸爸来检查天书的时候，我心都碎了，因为他看不出我们两个写的有什么不同，哼。不过，不管怎样，我仍然是他两个儿子当中最聪明的那个。可是现在他死了，人家就不择手段抢我的天书，而弟弟呢，他在乎吗，算了吧，人家一点也不会可怜他，他还是继续过他无所事事、游手好闲的日子。"

督察端着咖啡走到我旁边，我想我从他的表情看得出来，他觉得我是个值得活着的人。有些话在说出来以前，会让他犹豫很久。他嘴唇抽动，可是一个字也迸不出来，最后终于说："为什么你说自己，都好像自己是个男孩？而且你讲话有马赛的口音，我在想这口音怎么来的……所以说，你不知道自己是女孩？不管怎样，我会说……（他牙齿从两片嘴唇中间露出来，这让我想到太阳从两片云中间露出来）不管怎样，我会说，你是个非常非常可爱的女孩。"

我敢保证那第二个"非常"，他是用斜体字说的。

"虽然有点脏。"他又加了一句，因为不会全部都只有好的，好的坏的总会掺在一起，连表达好意的话也是。他从口袋掏出一条手帕，擦我脸颊，可是我把头往后缩。这条手帕，我告诉你，我痛恨它，那时我很想把它拿在自己手里，我想我会很用力把它夹在我大腿中间。可是因为他一直把我看作是妓女，我就觉得有必要解释一下，这是我人生的悲剧，我老是要不断跟我爱的人解释东解释西，我希望马能帮我作证。我跟他说："刚刚打我的那个神甫，他袍子里是不是也有两团肉球？从前有一次，我真的发生大灾难，我的睾丸不见了。那几天都在流血，然后伤口就好了，然后还会再来一次，这都和月亮有关系，天啊，都是因为月亮才会这样，然后我胸前就有这两团肉球。我弟笑我，因为我爸让我穿这个裙子，这样血流出来，才不会沾到衣服。我弟笑我，我很生气，我追着他跑，丢他，丢他满满的一把血。我小时候也有这种麻烦，我还记得尿尿的时候，我爸和我弟是站着的，可是我呢都蹲着，因为我不想碰到我的小鸡鸡，也不想看它一眼，哪

像我弟老爱在那地方花时间。其实啊我小鸡鸡没
了的那一天，我才感觉到它的存在，如果我这么
说有意义的话。而且，从那时候开始，我就会流
血。不过不管怎样，爸爸知道我是他两个儿子里
头最聪明的，嗨，管它的，有没有小鸡鸡都一样。"

他好像觉得我说得不够清楚，那我也没办
法，我一向实话实说。如果这件事听起来怪怪
的，那要怪它自己，它又不是我脑袋瓜管的。他
和我面对面坐着，很放肆地看着我，有时候还很
好玩似的笑了起来，就好像看我演戏，就像看我
们唯一那个玩具青蛙一样。

然后他开始问我问题，好像是想让我感到
自在一点，以便好好回答他。他问我为什么到村
子来，我说我来找一个有洞的箱了，用粗俗的拉
丁语说就是棺材，一直没找到让我很沮丧。说这
些的时候，我想我又是一副可怜相。他问我那个
哥哥或弟弟呢。我说他是白痴，一天到晚不是哭
就是笑，我读圣西蒙公爵的《回忆录》，他就来

扯我的头发，要不就让我闻他沾了香肠汁的手指头。可他问这个问题主要是想知道他年纪比我小还是比我大，我到后来才明白过来。我跟他说爸爸是在同一天、同一个时辰，用泥土把我们捏出来的，那已经是很久以前的事了。按照宗教上的说法，这很可能是真的。

矿场督察用大拇指和食指揉揉眼皮，好像他脑袋瓜痛，接着又伸了伸桌子底下的脚，然后默默思索了好一会儿，两只手叠着，托着后脑勺，真实得就像我跟你说话。他眼睛像猫头鹰一样，很有神，里面有个东西亮亮的。他弯下腰看我，用好像做梦的声音对一个不存在的东西说："你知道你爸爸很有钱吗，非常非常有钱？"

我用鼻子指指钱袋，让他自己下结论。其实刚才我就觉得需要到外面透透气，待在屋子里这么久我很不舒服。我在我家也是这样，在关着那个会让全世界吃一惊的受罚的义人的木料仓里也一样。晚上，我有时候会睡在屋外，脸上沾满田野上的星星。我又回忆起这种感觉，因为我一直待在木料仓写这些，我已经快控制不住自己，觉得好想大喊大叫，可是我不能这样。

督察跟我说，我大概不知道他们怎么说我的家庭。村子里的同类都觉得我们好神秘，没有人真的知道我们在松林那边的情形。好像大家有各种传言，天啊，难听得很。他以为是他跟我说我爸在这地区最有权势我才知道的，好像我完全不懂一样。然后他又说，这就是为什么没人敢违抗他的命令。除非特别受到邀请，否则谁也没有权利去我们那一区！神甫也一样。

"我知道一些事，去年春天我去了你们家一趟，一回到村子，就被乡长整整训了一个小时。你还记得我吗？我跟你讲过话……哦，对了，你叫什么名字？"

"弟弟叫我弟弟，爸爸命令我们的时候，都叫我们儿子，昨天晚上还这么叫呢！"

"那你们怎么知道他叫你们中的哪一个？"

"通常是谁他都无所谓。不过要是真的搞不清楚，他叫我弟，而我跑到他面前，他就会说：'不是你，叫另一个来。'就这么简单，没人觉得这是问题。"

"我懂了。"

他懂了！这位先生他懂了！拜托！我不骗你，他讲这句话就像我爸老爱说他年轻时很帅一样。可是这位写诗的书记先生才不会只说一句就闭口。你想咧，这个厚脸皮的人很放肆冒犯我的时候，讲起话来可就没遮拦了：

"要不要我帮你取一个名字，我叫你——野人。我叫你野人。这很配你身上那一股掺着青草和雨水的味道。我呢，我叫作保尔 - 玛里。"

我跟你说，野人额头上有一撮刘海。爸爸剪我头发都只剪到这里，差不多每个季节一开始，他都拿厨房里的刀子帮我割掉。可是我其他地方的头发很长很黑很浓，而且味道很重。矿场督察对着我笑，他眼珠子里好像竖着一根蜡

烛，眼神充满渴望。他还把搔得我脸颊痒痒的一
撮头发往我耳朵后面拨，动作很温柔。我不用数
到三，立刻又把那撮头发拨回原来脸颊边，它在
那地方可好得很呢！他笑了，脸越来越靠近我的
脸。呃，你要我说什么？事情自然而然发生了，
我没有话要说，在他脸颊上舔一大口，吓得他退
回椅子上。

他用手背揩揩脸颊，不是觉得很恶心的那
种粗暴、激烈的动作，而是出奇地温柔，就像爸
爸在瓜田里扁我弟一顿，打得他趴在地上以后，
摸他头发的那种动作。这时候我完全不知道该用
什么眼神看矿场督察，不过我想应该是要能和他
眼神里的小小霹雳火同等分量的。我不知道我说
得够不够明白。

"我懂……（他又懂了！）你是只野生小母
羊，对吧？"

他说这些话时，脸上的微笑带有挖苦的味
道（要是我真的懂挖苦是什么意思的话），可我

也看见他美丽的蓝眼睛里有苍白的绿色，还有很
强烈的恐惧，因为我不知道我是不是忘了说这
点。可这位督察，我这只野生小母羊觉得他有一
双骑士的眼睛，眼里带着双刃短剑。人们说到考
究的盔甲时也会提起这种佩剑，要是我的记忆没
有跟我开玩笑的话。

　　我不能一件一件解释接下来发生的事，真
的，说他是怎么突然站起来贴近我。尘世间有大
灾难，也有美好的事，这是我们永远搞不懂的。
不过我用牙齿轻轻咬他脸颊，用舌头舔着他的鼻
子、额头、眼皮。他的头发从我指间滑出来。我
感觉到他两只手在我身上四处探，好像想从各个
不同方向同时把我捉起来。他紧紧抱着我，好像
要把我挤进他人里面，他身上有雪松、芹菜和杉
木的味道。我啊每次都死掉了，我很想再死一
次，每一时每一刻再死一次，直到永远，可是野
生小母羊很快就没力气了，她躺在那儿，软炸炸
的，死了，两只手晃呀晃，口水流出来，舌尖还

有骑士皮肤咸咸的味道。

他为什么突然紧紧抓住我两只手？他往后退一步，一脸惊吓："怎么会这样！"

他说，是那种惊惶得喃喃自语的口气，这里用字我是斟酌过的。他放开我的手，我头昏脑涨，不知道我的头晃到哪儿去了。野生小母羊有点凸凸的肚子贴地躺着，躺在他脚边。我希望他整个人重量压在我身上，整个身躯、整个人轩昂地躺在我身上，一动不动地在我耳边说话。可是他迅速冲到房间另一头，简直一副赶快逃命的样子，而这就像，该怎么说呢，就好像人家拿刀刺进我心口，否则，我的名字不叫野人。

八

因为我是胆小的野生小母羊，甚至被人瞧不起，甚至什么都做不成，因为人家不愿意费事整个人躺在我背上，让我有那么一点短暂的人生幸福。就算从宗教上来说，我还是我爸的儿子、我弟的哥哥，我也要用妓女这个阴性的词来称呼我自己，让其他词也一起配合做性、数变化。我意思是说，接下来讲我自己的忧愁、我的哀伤的时候，我会把自己当作是圣女，胸前有两团肉球，下面还会定时流血，这样我会比较不难过。可是我应该在这里先停一下，稍微解释一下木料仓这个地方，这里也叫地下墓穴，就是我现在写这些字的地方。

我躲在木料仓里写字，因为我弟曾经受到上帝的眷顾，所以人变得像"疯子"，就是这个词没错，这让我很害怕。我害怕也是因为在我写字的这个地下墓穴里气窗玻璃脏得吓人，我用我的拳头擦出了一小块干净的地方，这样只要有人走到小路上，我立刻就能看到。人很远，我看不出来是谁，不过说不定那只是一匹马，也说不定是个骑士，或者是蹬着一只脚像喜鹊一样跳着走的求道人。我好想大喊大叫，唉，好可怜哪，我却不能这么做。补充完这个以后，让本来压得我喘不过气来的情绪终于得到缓解。我们就再回头说我和乡政府里那位矿场督察的爱情故事吧！是猫就说是猫，要实话实说。

我一直躺在地上，整个人端端正正的。这时候督察又走到我身边，跟我说别躺在这里像根煮熟的芦笋一样。他要我站起来，口气充满怜悯，又很温柔。可是我跟你说，那个时候，我呀，怜悯这玩意儿，我理都不想理。我看着他那双那么动人的鞋子，那双大得像武器的鞋子沉思了一会儿，我想搞清楚，他刚刚这么"睄"不起我，我受这个折磨以后，是不是值得再活一次。

我不知道有没有双引号里这个字，不过应该有。越"睄"不起，误解越多，如果你要问我意见的话。我终于两脚着地站了起来。唔，算了，就活吧！如果要先找到理由才继续呼吸的话，那地球就会像一颗光秃秃的蛋。我的指甲像钉子一样又硬又利，我往他眼睛下面扎，扎我这位帅帅的骑士，然后把指甲往下划，他抓住我的手，这次他很用力，好像要弄痛我。他也是跟神甫同一流的。我看他因为太激动，脖子上出现一些红斑，这不由得让我想起我爸和我弟也有这样的红斑。只要我们一喝好酒，喝得醉到站不住，还一起嘻嘻哈哈，就会有这样的红斑。每年纪念耶稣去世的那个星期五，我们都会这样猛喝一次。督察脸上有三道痕，那是我的杰作，那三道痕有血珠子一颗颗渗出来。他一边看着我，一边很用力喘气，我看得出来他很害怕，怕得像快被鬼拖去。

"你实在是个小巫婆……"

我拿我的头用力撞他的头，就像大炮一样

猛。他伸出舌头，舔了舔脸上的血，我也很想舔呢！他上半身突然往后缩，强迫我坐在椅子上，态度只有"粗暴"这个词可以形容。我反抗不了，不过还是皱紧眉头、咬紧牙关。这时候轮到这位先生想要慑服我，因为他开始快速地讲话。可不敢看我的眼睛。我看也知道赢的是我，看我这根煮熟芦笋的厉害。

他说，我不知道将来会怎样，可怜的女孩。以后对弟弟和我来说都会不一样了。遗产的事，会有许多问题。不过这个呀，他觉得我会把这种事抛到脑后三百步远，对吧？（我说对。）他又说，现在爸爸真的再也保护不了我们，法院会来处理这些事，等等。我弟和我，我们会由那些人来安排。

我不知道他说的那些人是谁，不过他就这样用大拇指一比，好像那些人就在这房间里，只是看不见。我也不知道他在这儿东拉西扯说的法院是什么。督察又说话了，现在这样子就好像要在你胸口捅个洞，一刀让你好死："我不认为你弟和你在你们的那个地方还能活。"

刹那间一闪，我人到了房间外。我扶着肚子，好像快要胀出来，一边摸索着往"建筑物"，就是这么叫的，往建筑物的出口跑，矿场督察还是抓到我了。

"我会帮你的，我跟你保证。"他大气喘不过来，"我现在还不知道怎么做，不过我会想办法。我先帮你争取时间，要他们等到明天再说。我会跟他们说，你答应我把你弟弟也一起带来，我会想尽办法让你们有个家……"

我不知道他后来又说了什么，因为我人已经不见了。我飞快地跑过整个村子，一直跑到穿过松林的那条路，看见马还在那里等我。我把钱袋"硬塞"（就是这个词没错）到矮树丛里，然后在上面吐了三口口水，念了咒语，然后发癫地用拳头摩擦我长满了毛的头皮，好像要把魔鬼搓下来。我终于喘口气，稍微平静下来。马用牙齿咬我放在树下的铲子，向我走过来，不安地看着我，我把事情经过都跟它说了。看得出来它也很难过，圆圆的眼睛里有泪水。我跟它说，先走吧，先回去我们那地方，让弟弟放心，弟弟看天就要黑了，没我们做伴，他一定怕得要死。

这些事让我累坏了，我不知所措，一步步往前走，担心我脑子里的一切都会垮，像火灰一样化为乌有。我似乎已经筋疲力尽，很想吐，好像身体没一个地方对劲。我停下脚步，折断钩住我长头发的小树枝，把它弄弯，做成荆棘冠冕戴在头上。我继续往前走，虽然心里难过，但别人看我走路的样子会以为我在跳舞。

我双手可以施恩慈。我不知道是不是忘了说这个，就像11月时池塘的水波。因为我认得每个月的名字，只有字跟我做朋友。我常常很惊讶，第一场风暴过去以后，这尘世间可能发生在我身上的可怕的事，我都可以无动于衷，我天生就是这样。我慢慢兜着圈子，拉着我的裙子，它是土星的朋友。土星是我的星星，我在我心里静默的小祭台上，轻轻笑着，别人看不出来。就跟星星一样，它笑的时候也没人知道。我两只脚就像在我身边飞的小鸟一样轻飘飘的，小鸟的羽毛和我眼睛颜色一样，因为所有的小鸟都和我一起翱翔，这是我的秘密，就连地球另一头的小鸟也和我一起。我常常幻想能像精灵一样轻盈地在松树树尖上跳舞，像蜡烛的火一样暖洋洋、飘飘忽忽，就像金粉喷泉从我手里洒出去，让田野亮晶晶，这是我天生就会的，可是我做不到。这个时候，我要告诉你，我好想永远不回家，永远不要再回去，就一直待在松林的路上，待在我们那一区和村子的中间，一直让这个神圣、奥秘的距离隔开所有的东西，像田间小路上的小仙女一样，哪儿都不去。可我还是鼓起勇气，举起脚走下去。我发现这样可以帮助我抵挡诱惑，我常常想拿东西深深地放在我大腿中间，放在皮肤上，有时候甚至塞到里面去，像是草啊、花蕾，或者像马的眼睛一样柔和的圆圆滑滑的小石头。别的时候，我把我两团肉球握在手里，一直捏得它们痛起来，因为我在这里需要有人照顾它。我的脑子又游到别的地方去了，在我梦里某一国漂泊，那地方一切都和我心里想的一样，而且在那里我担心自己不存在。不管是谁都会遇到不幸的事，你又能怎样，这是宇宙法则。

上面这一切都是为了要说，天黑以后，我一脚踏进我们家厨房时，实在是吓呆了，这是就我的精神层面来说。因为我看见我弟拿着锯子，正准备把爸爸的尸体锯成一块一块。

第二章

九

　　我以前读过，宇宙间有一样东西到处都看得到它的踪迹，那就是连通器，这是真的。因为有时候爸爸揍人下手很重，我弟被揍得青一块紫一块，然后就换我受我弟的气，这就是所谓的连通器。我弟只比我小一点点，可是我不知道，他简直是硬橡胶做的。他攻击我，我只能赶紧把头缩进肩膀，祈祷时间赶快过去。我爸在尘世间最后那段时间，都没有让我缩得那么紧。这我要说实话，他最后打我的那一次已经是老早以前的事了，如果没有比老早更早的早的话。从那以后，他打我都只是潦潦草草地轻轻打，要不就只

是做做样子，以免手艺生疏了，也顺便让我记得
我是他儿子；而且我也得老实说，和打弟弟那儿
下比起来，打我的那几下根本不算什么。这一点
弟弟清楚得很，他就会在一旁冷笑，酸溜溜的很
不甘心，因为我弟天生就爱嫉妒别人，我想这是
他最差劲的一点。我一定要说，爸爸觉得我是他
两个儿子里头比较聪明的那个，我想这个我已经
写过，而且我都埋头在字典里乖乖读书，要不就
一边摘花，一边小声哼着仙女的曲子。笋瓜旁边
的那些蔷薇花好美丽啊，这些时候我才不浪费时
间玩我的小鸡鸡，像那个谁的你也知道。至少啊
我不会揍人，我从来没有这种习惯，除非是野生
小母羊义愤填膺，就像说不定好心的你还记得。
噢，被我指甲划了好几道的亲亲爱人。写这些是
为了要说，弟弟老是被打得像死人一样躺在屋子
后院那些带皮的马铃薯堆里，这样是很公平的。

　　写这些也是为了要说，我看见他拿锯子在
这边瞎搅和，一点也不觉得有趣，一点点也不觉

得。我用女性的温柔让他冷静冷静，在他还没动手以前，先让他跟我解释，为什么一定要把爸爸切成块。你知道他怎么回答吗？他说："必须先把爸爸变成灰，再把他埋起来。"

马和我一样，也没有睾丸，万一我没说过这个，我就在这里说了。不过它肚子上有我绑的绳子，那是要让它拖着那个有洞的箱子走，绳子的一头在它四只脚中间一直荡来荡去，好像鸡鸡。马跟在我后面，也进了屋子，这事以前从来没有过，这一定是表示丹麦王国里有件什么事弄拧了。它侧着身子躺，凸凸的肚子有一半贴在地板上，另外一半就显得更凸更大了，如果这就是我要说的意思的话。这让我想到爸爸的胸膛在他还呼吸的那个美好年代。这可奇怪了，突然，我弟不知哪来的灵光冒出了一句话，推论得很有道理，让我圆圆地瞪着两只眼睛呆住了。

"你到村子找棺材，棺材呢？"

"首先，这不是我的棺材，是爸爸的；第二，我找不到。"

弟弟冷笑着，我从来没听过他笑成这样，而且我有很多机会听他笑，这时候也不是笑的时候。他突然打住，眯着眼皮，怒气冲冲地盯着我，眼珠子里一副就是要压制你的样子。"我们没那么大的箱子把爸爸装在里面，"他说，"这都是你的错。"

我气死了。

"是的，就是你的错！现在我们要烧了他。把他的灰收集起来，然后装进他的辣椒罐里，一起埋进土里。你看我们的炉子有多大？你把尸体装到里面看看！……我们必须一块一块烧。"

话才说完，锯子又在爸爸大腿上锯了一下。噢，这样我不抓狂才怪。

"停下！别这样！我们不能这样子！"

"难道你有别的办法？"

他拿锯子在我面前晃来晃去，发出了音乐声，要是在别的时候、别的情况下，我会忍不住扑哧笑出来。

"然后，我们去拿他所有的纸，和那个有魔力的仙女盒，跟他一起埋了，还有那个受刑罚的义人。我们把这些都埋起来，连受刑罚的义人都丢进窟窿里！"

"受刑罚的义人？"

他不能这样，不能这样。

"可是，那样我们就没有语言，也没有文字了！"

还好爸爸的尸体变得跟石头一样，它今天早上硬得像云杉棺材，我了解我弟基本上是个懒鬼，他很快就放弃这么粗重的工作。很恶心的血只有渗出一点点，颜色已经有点怪怪的了，稠稠的，流得很慢，这让我脑子有一点时间灵光一闪（如果这么说不会太夸张的话），终于能岔开话题。

"他们要成群结队到我们这里来！成群的同类！他们要来抓我们，我们不能住在厨房里了。"

这生生地让他僵住了。

"你说什么？"

有些情况不是我们能掌握的，所以不得不把刚刚说过的话再说一遍，我对字很抱歉。我几乎一字不漏地照上面那段复述。

弟弟脸色发白。

"我跟你解释。"我说，并趁他呆住时拿走了他手里那把锯子。他由着我，一句话也没说，张着嘴巴，慢慢地踱着步子，被吓傻，就像爸爸练魔法常常拿着头去撞树干时的样子。我把弟弟拖到图书室里。

那些字典，我想比松林里的松树还多，说不定比松林里所有的松树上的松针还多，多到几千几千万也有可能。我不知道我读的有没有一半了，不过我有在读。我跟我自己说，总有一天要把它们都啃完，至少就那些没烂掉的、没在我手里像湿面粉块一样烂掉的。可是没办法，我老是重看我喜欢的那几本，就是那些讲英勇骑士的，他们都穿得跟汤匙一样亮晶晶的。还有斯宾诺莎的《伦理学》，一本怎么看也不懂的书，就像那些伟大的真理；圣西蒙公爵的《回忆录》就更不用说了。

我也不知道这些故事都在哪里发生，在哪些奇怪的国家。就我从这个世界看到的，我不太相信这里可能发生这些事，尤其现在我亲眼看见村子究竟是什么样子的，和我想象中的比起来，反而没看头。不过，我读圣西蒙公爵的时候，我可读得翩翩然。它们在我脑袋最深、最阴暗的地方翻搅，就像幽灵军队化为一阵烟消失了还会哗哗剥剥响，因为野生小母羊不怎么懂圣西蒙公爵的某些片段，不过我读的时候，胸口胀得好像要升天，好满足，什么烦恼都没有，感觉很棒。例如这一段——国王为了避免争端，省去麻烦，取消了所有仪式：他下令，在他内阁里不单独举行订婚典礼，而是并入婚礼在教堂一起举行，以免有人穿着燕尾服。只有护卫公主的保镖才能穿这样的服饰，这是他们的制服，而且新郎新娘头上的纱罩应该由梅兹主教和区域国王的指导神师两个人手执。梅兹主教被提名为第一指导神师，这是从他叔叔那里继承的，而区域国王的指导神师在这一天是墨雷的修道院院长。而且到教堂去和从教堂回来的路上，只有勃艮第公爵大人可以牵公主的手，只有他可以在神甫的本子上签名，其他的王子都不能签——这是圣西蒙的一个句子，如果我没像个书记那样什么都学的话，我还是会从圣西蒙那里学到这个的，学到他雷电交击的语言，还有其他想也想不到的故事，以及他像烧柴一样噼啪迸出来的句子。请你相信我，要是你懂我要说什么的话。

雨水从土里冒出来，一直冒个不停，已经泡湿了很多字典，我们这一区老是很潮湿，老是发霉，一直都这样，它们一点一点地造成影响，避都避不了，字典就这样呜呼哀哉，其他东西也是，咳，该烂的就烂吧！要常常练习在成堆的书里找路走，对，书，就是用这个字称呼。这些书堆得高过我们的头，我弟的头和我的头。由于不知道骑士还有耶稣他们美丽的国家在哪里，所以到目前为止，在这些字典小山里走来走去是我在这个星球上最陶醉的事，除了你紧紧把我抱在胸口那短短的一刻。那一刻我们一起亢奋，我的舌头在你脸上舔来舔去，喔，我的英雄，有几次我和我那些发亮的玩具娃娃跳舞的时候，我都会想到这一刻，这我以后会说到。

好啦，在这之前，马可别想跟我们到那里去，界线总该有的。我用眼神阻止了它，它站在门口，用两只不同颜色的眼睛装可怜。马只差张嘴说话了，嗯，话说得太快了，得看我们觉得怎样叫说话。我弟和我，坐在古代的枕头上，这几个套着华丽旧绒布帘子的枕头，好像就是我们到尘世之前那个辉煌年代的东西。图书室那几扇玻璃破掉的大窗子，风和冰雹，还有一片片雪花都从那里进到屋内。这几个古老的枕头和古老的绒布帘子是我的床，我不睡在美丽星空下的话，就睡在这里，我记得这个我已经写过了。我跟弟弟解释我在村子里发生的事，事情就跟我前面写的一样，不过还是省略了会让我害臊的细节。而且他问我的问题都好奇怪，一直追问细枝末节，害我自己有时候都搞混了，真是冗长得像连续下了三十又十六天的雨。不过他最后终于抓到重点，我好像教书一样一遍又一遍跟他说，好让他真正了解我们目前的困境，然后他就没什么好说的了。他抓起一瓶好酒，因为爸爸都会在图书室里存一瓶酒。你猜这是为什么？弟弟就这样就着酒瓶喝，眼睛望着前面，好像要做什么后果不堪设想的重大决定一样。我知道好酒会影响脑袋瓜，我觉得现在实在不是喝酒的时候。

"今天又不是耶稣去世的星期五。"我义正词严道。

"那要怎样才知道是不是那个星期五？我请问你呀，裙子先生？"他口气刻薄，以为这样会让我答不出话。

"首先，请问你公山羊在哪儿？第二，耶稣去世的那个星期五，每次水塘的冰都会开始融化，现在又没有。"

说着说着，我又第N次提到，每年一定要在固定某一天死一次，这才不会是上帝送给人的礼物。我呀，不管怎样，这件事要是发生在我身上，我会直截了当、很干脆地死掉，不慌不忙地一了百了，翘辫子去。

我弟耸耸肩，表示他才不管这些咧。我很想跟他说，现在不是学爸爸灌饱好酒，就跟猪一样笑倒在地上滚的时候。可他跟我说了一句让我有点那个的话，你知道他跟我说什么吗？

"带着你的肉球滚你的蛋啦！"

十

　　带着你的肉球滚你的蛋，我已经习惯他说
这种温柔的话。他是在我认识你之前，野生小母
羊在这尘世间唯一想试着去爱的人。可是他呀，
我从来没有半点想要他贴在我背上躺的欲望，不
是他不想这样。有时候我会跟自己说，哼，有小
鸡鸡，就可以想怎样就怎样啊，本性能移才怪！
哼。不过，说不定这是骑士字典让我满脑子幻
想。我非常期待在尘世间的这地方谈个恋爱。

　　我抛下我弟，随便他自己去策划什么阴谋。
我拿一盏煤油灯，带着我的肉球滚我的蛋。我
走过走廊，还一边思量宇宙目前的处境。我身上
带着那本天书，知道应该赶快在这本天书里写呀
写，把一早以来发生在我弟和我身上种种古里古
怪的事说一遍，可是我老是想到别的地方去，我
今天一整天没吃东西，只在来回经过松林时，捡

一点草、一点有利于健康的菌类和几朵死掉的花吃，我不知道我有没有忘记说这个，捡这些东西吃是我的变通之计。光吃石头面包中间那个软软的部分，到天黑以前几乎不必再吃正餐都能顶得住，可是我一整天都心慌慌的，觉得身体里怪怪的。我答应它天亮以前一定吞下两块马铃薯。身体是个大黑洞，里头整个都是黑黑的夜。

人物画像馆，一定是最不受到势力庞大、无所不在的霉菌侵害的地方。一张张画像裱在画框里，挂在墙上，总共应该比数两次十根手指头还多。有几幅我很喜欢，画的是你想象不出的风景。那些风景一点都不像我在尘世间这个星球上的古老山上看到的那样。也有些画的是表情很严肃的人物，看上去都很相像，像同一个人穿不同的衣服，有着同样的鼻子。真的，每个都是，而且每张画像下面写着不同的名字，也标了没什么意义的日期。那些日期和我们在天书上记的实在隔太远了，可是每一张人物画像下面都有这一行字：沙颂·德·科艾泰朗。也有几张妓女的画像，也有圣女的。有些画像叫作侯爵夫人，要是我没弄错的话，还有几个伯爵夫人。看来，我也可能是沙颂的一个妓女，这想法突然像老虎一样跃上我心头，真是见鬼，我跟我自己说，我还被写在圣西蒙的《回忆录》里呢！

马跟着我走，它在几张画像前面多停了一会儿，时而困惑，时而懂了什么似的。我压根不知道马活了多少岁了。我们自以为了解万物，可我们连它们的报废年限是多久都不知道。看来，爸爸把我弟和我捏出来以前，早就捏好它了（如果他真的是用泥土捏的话）；也说不定爸爸和马从开天辟地以来就在一起，就像是相关的现象都传达出同样的本质，要是我们相信《伦理学》的话。这些都只是假设，全都都沾上宗教的边。离开人物画像馆之前，我先弯腰看了一下，因为地板上有个什么我以前没见过的东西，我觉得很奇怪。噢，没什么，原来是浣熊干了的尸体，它踩到了捕兽器。

我一脚踢到那根玩意儿——我是说绊到了铁链子，鼻子差点撞到地板上。我来解释。在人物画像馆北门的下面，有几根铁链拴在铁钩上，如果要的话，可以把双手拉开、双腿分叉绑起来。那个人就这样用铁链拴起两边脚踝、两只拳头，像个X形，实话实说。那个人呢，就是爸爸。有时候，他命令我们把他这样绑起来，这还没完呢，他还要弟弟用全身的力量从他背后推，让他手和腿伸展到最开最开。这样他应该不会太舒服的，我想，他那么大年纪了，听他全身骨头咔咔咔的声音也知道。在"不拉伤肌肉"的前提下，如果这么说没错的话，我就要站在他前面，拿一条湿布鞭打他光溜溜的肚子。他胸腔里会发出怪声，我不喜欢这样，每次爸爸强迫我们这样，我都会哭。然后他会求我们解开他，可是又不准我们解开，看看他是怎么折磨我们的。要是他交代我们太阳下山以后解开他，我们就得等到晚上才能把他解下来，不管他在这之前怎么哀求，他有时候会故意更改命令。我们做儿子的责任就是要遵从他的命令，否则小心挨揍。爸爸像这样悬在那几根铁链上的时候，会破口大骂挂在人物画像馆里的那些傲慢的人物，我也不知道他们做了什么好事让他这么青睐，不过，他们显然才不理他。我很不忍心，眼泪沾湿了我香香的头发。我爸总是做一些奇怪的修炼。咳，想不到以后都不会再有这些事了。

走过这一道门，就看到一个很大的瞭望台，从这里看，可以看很远，看到这一区最糟的地方。爸爸活着的时候不准我们靠近那里，不过一有机会我还是会想办法去，尤其是晚上我很忧郁的时候。这里空间大得很，可以容纳两百个同类同时挥动两边的手肘——就像我弟和我学鸡拍翅膀的样子——彼此手肘都不会碰到，信不信由你，有据可查的，历史上曾经发生过。我弟怕死了，他才不敢到这里来，因为他散步老是弄得很大声，尤其在晚上，他那个声音我以后再说。我弟是蠢蛋，万一还有人不了解他，我就再说一次。再也没有哪个地方像我们度过大部分尘世生活的那间木板厨房了，这里整个儿是大理石的，壁炉台、吊灯、高得像三只羊站着叠在一起的木格子窗。对，有吊灯吊在天花板上，灯贴着天花板的地方形状像一颗颗草莓。有水晶的眼珠子和眼球，灯光就从这里透出来，闪闪发亮，好像在笑一样。真的，还有叮叮叮的声音，只要运气稍微好一点，和一点点从破掉的木格子窗吹进来的风，就会听到清脆的叮叮声，像一条条透明的小鱼。可是其他几盏吊灯，好像熟透的水果，都从天花板上掉下来，一簇一簇摔在有裂纹的大理石地板上，这让人想到肚破肠流的苍蝇，肠子里满满的卵，该烂的就烂吧！而且我跟你说，这里还有一只有尾巴的大骆驼，它装得下三个死人。我不知道那东西到底叫什么，它就像所有骆驼都有的那样的桌子①，要是字典里的图片画的是真的。在我们家它一直是掀开的，就像洞口开开的坟墓，而且它支起来的盖子上有一道老伤口，雨很大的时候，水就从那里滴进来，滴在绷得紧紧的绳子上，发出凄凉的声音，简直像肖邦的音乐，我这样讲是斟酌过用字的。我常常怀着敬意走近那里，不敢乱来，因为我总觉得这个黑色的大家具好像是有生命的神秘东西，脾气可倔呢，教也教不乖。我诚惶诚恐地把手放在它白色的按键上，那些按键都像马一样有黄板牙。说不定我会喜欢听它跟我说话，听它唱歌、发出它无底洞似的真的声音。说不定那声音一点也不凄凉，说不定我应该摸摸它，就像人家抚摸我一样。可爸爸从来没有在这个有尾巴的骆驼上弄出音乐，别问我为什么，我也不知道，不过爸爸很喜欢扳他的指头发出来的音乐。

① 实为三角钢琴。

这些都是白天的事，因为现在是晚上，所以我要跟你提另外一件事，一件很值得拿出来说的事。不过这之前，我要先跟你说银器，这还是白天的事。银器都嵌在墙壁的大柜子里，摆得好好的，这些柜子有野生小母羊身高的三倍高，最上面都顶到了天花板，我甚至要踩着板凳才够得到。柜门是颜色鲜艳美丽的玻璃门，光彩夺目，所以它们才躲得过霉菌，我是说银器。偶尔我会庆祝一下，一切配合良好的时候，像是出大太阳那几天，爸爸会到村里去兜兜，弟弟到这一区另一头玩他的小鸡鸡。你不晓得那有多少个，光是排好就花了我四小时，我说的当然是银器。我不知道我是不是想写这个，可是我就是想把它们弄干净，想得手痒得不得了。这里有各式各样的汤匙，成套的，还有茶托、盘子、高脚杯、刀子，如果要把放在舞厅抽屉里和柜子里的东西一一列举，我会讲个没完没了，有金的、水晶的、银的、毛玻璃的、点金石的等一切会让你

大吃一惊的东西。我检查每一样"器皿"，就是
这么叫的，我不许这些器皿有一点雾蒙蒙，全部
都要亮晶晶。我一个一个把它们擦亮，拿在手里
仔细检查，我的裙子从来没这一次这么好用过。
我扫掉灰尘和撒了满地的大理石碎片，又是这个
动词"撒"。我怀着无尽的爱与呵护，把我发亮
的玩具娃娃放在最上面那几扇窗户底下。太阳会
从那里折射进来，在这间亮晶晶的奇幻迷宫里闪
烁。我想这些器皿总共有四百五十三件，每一次
我想一边数一边排好，就会头昏脑涨，数了几个
就忘了，数多少就忘多少，不骗你。有时候我会
兜着它们跳起舞来，打赤脚踩在冰冰凉凉的丑丑
石板上。可是我更常把两只手当作夜莺的翅膀展
开来，安安静静站着，望着那些器皿，像被吓到
的老鼠一动不动。突然，一阵心酸、一阵茫然，
重重压在我翅膀上，就像春天的时候冰柱打在屋
顶上。爸爸活着的时候用日文把这个叫作"促啦

啦"①,因为他还很帅的时候曾经到日本传道,别问我日本在哪里,反正是在松林另一边的什么地方。

---

① "促啦啦",即日文"冰柱"的近似发音。

十一

可是舞厅最奇怪的是晚上，我可以从我的
回忆里拿证据给你看。你们知道爸爸他会做什么
吗，他有时候会在晚上一边看"银版照片"一边
哭，那东西就是这么叫的。我弟和我趁这时候想
做什么就做什么，当然啰，只有一件事不能做，
就是不能引起火灾。我意思是说，要是有人在他
右边燃放面粉鞭炮，就在帕斯卡尔有个大洞的书
旁边，爸爸会照样看着照片，眼泪汪汪，一滴一
滴满出来，流过鼻尖，落在他花花斑斑的两只拳
头上。我想，这是他修炼的一种魔法。我逮住这
个机会溜到舞厅。老实说，晚上去要花一点时间
才能到得了，因为我们尘世居所的厨房面对着一
块荒地，图书室、人物画像馆就在旁边。你知道
吗？这几个地方都是用木板和圆的木块搭的，是
我们笨手笨脚地帮爸爸的忙亲手盖的，已经过了

很多年。而且我想啊，那时候我大腿中间那个东西还在，唉。讲这些就是要告诉你，厨房离在塔楼后面的那几间房舍有六十几步远，而舞厅就在塔楼里，要涉水过烂泥坑，跨过在那里睡觉的几头猪。因为我们家也有个烂泥坑，我忘了有没有写过这个。泅过烂泥坑以后，接下来有一段十来步的路，路上常会看到死鸡。至于那几间马厩就不提了，已经有好一阵子没人到那里走动，马也不会跑去那里探个什么险，而且不骗你，那里开个门，大概要动用大炮。

从这个距离，要是我们来个180度向后转，就算是在白天，也看不到我们尘世居所的厨房，它夹在宏伟的图书室和人物画像馆中间，被挤得看也看不见。我在"花房"里休息一下下，那地方就是这么叫的，因为杂草喜欢到处乱长，乱七八糟的，好像发癫。有个阳台也同样，就是我去的那个，像鼓一样挂在楼上，像岬角延伸到沼泽上面，从那里可以看得很远。广阔的松林一望无际，还有山和灰灰的天空，一到黄昏，有时候可以很清楚地看到地平线，就好像我会掉到那里面去，掉到世界的另一边。我扭过脑袋不看，怕它真的往那里掉。

好，来讲小城堡吧！这个小城堡还满体面的，除非要挑刺，像督察那种人。我还可以跟你说，那里有个矿场。这个城堡几乎可以安置一整团军队，还可以安置三位皇帝和他们所有的随从。不过现在这里只有鸽子和麻雀，老是叽叽喳喳地长舌，就跟鸡一样。两侧的建筑像马蹄铁形一样伸展开来，外边有塔楼，就像我前面写过的。在主建筑之外，还有一些房舍，不过以后我们不会讲到这些房舍了，要讲最好请教纹章学专家，或是三角学专家，我有很多缺点，可不包括这两样。不过，假设我从两侧的马蹄铁最外边各拉一条直线，在这两条直线相交，距离二十几步远的地方，就是那个大名鼎鼎的跳舞厅，现在该来说说那里晚上发生了什么事。

我那时候来到这里，默默坐在爸爸放金条的柜子上，不想打扰那些鬼影子（待会儿再来说那些鬼影子），说不定就是因为这些放金条的柜子。爸爸完全不准我们到舞厅来。我眼睛先往最里面看去，那里挂着一面有麻风病的大镜子，我意思是说那镜子上面有灰绿色的锈斑一片片剥落，什么颜色都照不出来了。生病的镜子就注定是这样。镜子里能看到的只有黑、白和灰色，彻彻底底干枯的色调，简直是一面停止的镜子，就像钟，呈现的不是舞厅现在这个时候，而是久远以前的记忆。那样子就像是死人抓住了活人，信不信由你。总之，这就是原因。

有一次，我盯着镜子看了好久好久。只要瞳孔一直注视着它，我以前讲过的那个喧哗声就会冒出来，有窃窃低语、远远的笑声，有搓揉丝绸的声音、扇子在指间搓展开来的细微声响，还有小鸟在笼里摩挲着翅膀做梦的声音。有一次我带我弟到这里来，以便确定这不是我脑子在耍我。可是你想得美咧！那个声音一出现，他就像果冻一样抖呀抖的，然后呢，不管三七二十一地往外冲。又剩下我一个人。滚你的吧，没种的家伙！我才不怕古里古怪莫名其妙出现在平常世界里的东西。那些东西能让发酸的环境换换气氛，让朽坏了的世界不再一成不变。我要表达的就是这个意思。

在那面逐渐恢复健康的镜子里，开始出现了一些影像。几张脸簇拥着，随着喧哗声从镜子里浮现。好多人穿着洋装，要多少有多少，好多人戴假发，还有好多穿燕尾服的骑士，这是很有可能的，一群人挤挤推推地漫到了镜子外，来到舞厅，把整个厅挤满了，占据了所有的空间。这下我一定吓到你了。随着这些人影在我周围逐渐成形，从我后面，在我右边、我左边，我觉得自己也越来越不像真的。我意思是说我自己一点点看不见了，我看着两只手，却看穿过去，看见了下面变丑的大理石地板。我人立刻就不存在了。

我不过是从前舞会里的一个记忆，而且我跟你说，我觉得这些在我很远很远的童年出现过，如果我有童年的话。人群中，我感觉到有个妓女或是圣女的两只手抱着我，她身上香香的，而且她弯着腰在我耳边说话，还温柔地笑着，虽然我人已经不存在了。我没有看到爸爸，不过我觉得他就在不远的地方。天哪，这个妓女，如果她是妓女的话，闻起来香香嫩嫩的，很清爽，就像一束野生玫瑰。然后呢，到最后我看见一个小丫头往我这边走过来。她也是笑笑的，我清清楚楚地感觉到这个小丫头和我简直是一个模子印出来的，和我有同样的笑容，可却不是我。我不知道我说得够不够清楚，不过，所有这一切，以及这些感觉，我只要闭上眼睛就能找回来，在我脑袋瓜里像石头一样具体。然后人群散了，嘈杂声也消失了，我孤单单一个人，心里还镇定不下来，像蕨类一样滋长的沉默困住了我，窗格子里透进来一阵风，轻轻呼啸，驱走残余的窃窃低语。

　　我从人物画像馆的瞭望台回到我们尘世居所的厨房时，回忆种种往事，心想也许趁大灾难还没发生，应该去那里，再去舞厅看最后一眼。我一只手提灯，另一只手拿天书，心里还是想在夜里守候一下爸爸。你也许会说这些只是微不足道的小细节，可是，我就是很直接、很简单地把事情记下来。我还记得很清楚，今天早上把爸爸的尸体抬到桌上的时候，他两只手掌朝地，指头弯了起来，像头晕的人牢牢攀住草地看着天空，因为他怕从高的地方掉到星星最幽深之处。弟弟想把他切成块的时候，他手的姿势还是一样，我记得我又注意看了一次。

　　不过，现在，爸爸两只手朝着天空，指头松了开来，就好像他受了伤似的，事情是怎样我就照实说。还有一点要补充，就是他现在像个瓜一样，没有毛，嘴唇上没有胡子，肋骨上也没有毛，真的是光光的，呼，统统光光的。要当我爸爸的儿子，脸皮要像猪头皮，受到惊吓也不怕，我就希望自己能这样。

十二

　　在我认识那个我什么都看不懂的斯宾诺莎《伦理学》之前，那门敢放火烧洋装给你看的学问，我有好多好多疑问，但现在我已经得到了启发，那些问题如今看来变得琐碎无用，而且没什么大不了的。可是在我守候爸爸的尸体，一边想着我弟和我在这宇宙的处境的时候，这些问题不由自主地浮现在我脑海中。我在想，我们以后会发生什么事，尤其是我。万一我们沦落到不能继续住在我们的土地上，请问魔鬼会把我们带到哪里去？而且我弟和我怎样才会被送到同一个地方去，或者在什么情况下我们两个会永远永远被分开？想到这些事就让我头昏脑涨，必须两手抓着椅子，以免被重重的肉球拖着跌到地上。说不定人家会决定把我们和爸爸一起埋了，谁知道呢？而且说不定因为这样他们就要让我们先死掉，唉，人性嘛，于是我问自己有什么办法能让我弟和我的尸体从学徒身份变成师傅，如果有人能听懂我意思的话。

就在这时候，在我还没有读那读不懂的斯宾诺莎《伦理学》之前的那些各式各样的问题又浮现在我脑海中。我是从去年开始读《伦理学》和其他东西的，我从斯宾诺莎那里学到的是，真正的宗教不应该是沉思死亡，而应该是沉思生命，唉，"该烂的就让它烂吧！"这是爸爸的一句口头禅，而我们分内的工作就是学着去了解，就像燕麦片分内的工作就是当个燕麦片。我不知道别人懂不懂他的逻辑。我再解释一遍：在我还是一只比现在还小的小母羊时，我问过我自己，既然我们知道自己一定会死，在合乎法律的程序下变成了尸体以后，我弟和我是会往天堂去？往炼狱去？还是往地狱去？儿童地狱是不用考虑了，我们已经超过年纪。我后来得到一个结论，在炼狱里受的苦刑是：那里的人以为他们自己是在地狱。照我看这就够了，要是受苦一分钟，而在这一分钟里觉得所受的苦是永恒的，就不需要真的永恒受苦！而地狱呢，我当然不会说它不存在，不过，最重的刑罚会落在魔鬼身上。我来解释一下，上帝根本没有让人下地狱，但因为魔鬼很爱慕虚荣，又会嫉妒，就跟我弟一样，本来就该受惩罚，哎哟，天哪，我很担心我弟呢！要是哪天造物主下了决心，要人下地狱，怎样也不收回成命，我会跟自己说："可怜的魔鬼！"可是，就我在这世界上看到的这么多痛苦，这说明并不是魔鬼在尘世间不够努力。

所有这些想法，就像我前面说过的，是我还没去沾斯宾诺莎的《伦理学》之前才有的，这一门学问教我们在面对那些只能吓吓小脑袋瓜的迷信时要多多看重自己。可是在面对爸爸既成事实的尸体时，我承认我那时候又什么都不确定了。村子里那些狡猾的人会强迫我弟和我翘辫子，我猜，他们甚至不会让我们涂临终膏油。

　　我被那些地狱呀这类古老的问题弄得好像在烤肉架上烧过来烤过去，非常焦躁。天哪，所有这些事情一定要记在脑子里，永远不能忘记。唉，要是没有人问这种问题，地球就太平了。

　　我面对着尸体，坐在一张大便用的椅子上，爸爸以前就喜欢坐在这里发呆。我受过良好的教育，坐会坐得肩膀挺挺的，背直直的像竿子，就像伯爵夫人该有的仪态。我右手还是提着煤油灯，左手拿着天书——左边就是心脏的那边，煤油灯的灯脚搁在我膝盖上。我听见我左右两边阴暗的地方有搬动东西的声音，不过我已经习惯了，我们这一区在小动物眼中是个大金矿，我们任由东西到处腐烂。不过，我还是跟我自己说，爸爸的尸体非常重要，是一件不得了的大事，整个宇宙的思想世界都关心。他的遗骸在我弟和我的人生里投下一道阴影，不过这还不算什么呢，这道阴影还延伸到尘世之外，延伸到圣洁之地去，这是很有可能的。那颗星球会变成怎样？还有在那星球上蠢动的同类会变成怎样？他们知道消息以后会因为绝望和痛苦而大发雷霆？到处去扔炸弹，这就是这么说的，把什么都烧光，把什么都捣碎，在那个坑旁边挖出自己的眼睛，拔光自己的头发，就在我们要埋爸爸尸体的那个坑旁边？上帝本人会胡子都没刮，就忧心忡忡地降临在我们田里吗？森林是不是也会消失？咦，其他我还知道什么？所有这些在我脑袋瓜里就像磨坊的翼片一样转呀转。

　　爸爸还活在世界这一边的时候，人生起码有点意义，虽然一切都歪歪斜斜的、颠簸不平，喏，我想说的就是这个。星星、银河如常运行，蔬菜也坚定地在大地生长，还有小动物从矮树丛里轻声窜过，草丛里还有一股它们身上的味道，虽然看不出来，但是所有的东西都朝着一个方向去，就是爸爸命令他们去的方向。他一死，就好像狂风扫过大地，什么都被刮走了。我不知道我说得够不够清楚，而这让我很不安。

自从我配合性、数变化，把自己当作妓女，我就很没安全感。

还有，受刑罚的义人以后会怎么样呢，唉，我面对爸爸尸体的时候，就这个最让我苦恼。他呀，我是说义人，我是怎么知道有他这个人的呢。有人会说我这种人，连炸药都说是我发明的，还有什么编不出来的，可是事情是这样的，我这就说给你听。从前，在我大腿中间还有那个没用的东西，而且还不会像泉水一样一直流血以前，半夜里，我看到爸爸趁他以为我弟和我睡得不省人事的时候，会到木料仓去，那里也叫作地下墓穴，他会待在那里好几个小时。我爸不是只会揍人而已，他也有另外一面。他乳房底下，呃，我是说他胸膛，也很那个的，这大家以后就会相信。他带着煤油灯去，因为木料仓里晚上乌漆抹黑的，而且很危险，因为撒了满地的东西，还有那些没有撒满地的东西。我跟你说呀，我那个时候习惯躺在茂盛的草地上，一整夜看着美丽的星空，头发铺散在旁边，旁边有凉凉的露珠，还有绿得发亮的蚊子。我跟它们一向交情好得很，连小动物都会轻声窜过去，避开我，以免打扰我做噩梦。爸爸呢他会跨过田野，有时候就从离我很近的地方走过去，差点儿踩到我肚脐上，可他沉溺在他阴郁的思绪里，根本没注意到草丛里有我。哼。我对他的事从来没好奇得让我痒得受不了，我也不想搅进爸爸那些和我无关的事情里，我是说去搞清楚他待在地下墓穴里好几个小时到底在干什么，这向来不是我的专长。直到有一天晚上，我耳朵突然竖起来。我要先解释，我常会睡不好，有时候一边睡觉一边说话，走路、做做这个做做那个，脑袋瓜里却没有半点知觉，甚至还会写字，写一些第二天早上我自己大吃一惊的东西。可是，这天晚上，我"梦游"的时候，就是这么说的，我偏离了我原来习惯瘫在那儿恢复体力的田野几步远，耳朵离木料仓门口只有癞蛤蟆跳三下的距离，我要说的就是这个。

我听到眼泪稀里哗啦的声音，就醒了过来，不过我的头还会有一点晃呀晃的，我走近地下墓穴的气窗去看，噢，事情还有下文呢！我看到爸爸跪在地上哭，额头顶着玻璃柜，这是我第一次看到他这样。于是我往斜坡那边赶快跑，以后会有无数个季节它都让我着迷。

这是我第一次对木料仓感到好奇。因为我必须写下很多东西，写下比这个世界里的东西更多的东西，所以我对尘世间的虚浮没有太大兴趣。我从来没有想过木料仓里会有什么对我有意义的东西，所以从来没有靠近它四五步远的范围内，就像我们这一区有很多房舍我也都没去过，以前怎么可能知道那里头有什么，更不用说知道有个受刑罚的义人在那里了。

我也是这时候第一次看见我的妓女。这天以前，要是有人告诉我，爸爸会拿花做什么什么的，我会扭过头去，信都不信。可是爸爸一个星期去那里好几次，根本没想到我会在气窗另一边看他在玻璃柜周围撒花瓣，口里还念念有词，好像是在跟你或是跟我一样的同类说话。我认识爸爸时，他就已经很老了，如果把他想象成别的样子，我就会有一些怪念头，例如他在日本还年轻很帅的时候，身上穿着袍子。接下来几年我越来越常听到他哭，可这时候我是第一次看到他眼泪汪汪，而且神态自然地对着玻璃柜说话，好像这没什么。那感觉就和看到一滴血突然从干干的老石头里渗出来一样，很奇怪，让人有点不知所措，我是说真的。我不知道我说得够不够清楚。

总之呢，季节一个个这样过去，这好像变成我的秘密弥撒，只有我一个人参加，甚至连在地下墓穴里举行仪式的神甫都被瞒着。当然，我不想让他知道我在场，因为会挨揍，不想让他知道我会提早到。等到第一道微弱的曙光出现，他快结束，就要离开木料仓的时候，我就连腿带脖子，拔了就跑。我跑掉了，嘿嘿，厉害吧，像我女朋友蜻蜓一样静悄悄地消失。而且，我越来越容易猜到爸爸什么时候会结束，你放心好了。这个"神甫"做完"弥撒"，如果能这么说的话，最后都会照料一下受罚的义人，他很仔细地掸去灰尘，帮他换绷带，小心翼翼地挪动他，然后动作很轻地把他装进一只矮矮的箱子里。

有一次爸爸从里面走出来，我不知道脑袋瓜哪来的念头，竟然就直直站在门口。他看到我吓了一大跳，举起手，我把手肘挡在脸前，以为会被那个你知道的，可是没想到，他把手轻轻放在我头上，指着地下墓穴里面，声音低低的，慢慢地对我说："这是受罚的义人。"从这以后，我就记得这名字了。

就这样，义人和地下墓穴里面的东西，我都很熟了，我常和爸爸一起去，这真是美好的回忆。我帮他照料玻璃柜，到后来甚至和玻璃柜称兄道弟亲热得很。我跟它说我简直和你完全同类，就学爸爸那样，真像是疯了。最后我们把受罚的义人从箱子里取出来，除非我们上一次没把他放回去——有时候我们会这样。我们很小心其事地帮他掸去灰尘。接下来，我爸和我常安安静静地手拉着手，坐在一起几个小时，真的。这回忆真是美好。那时候发生在我身上的事真的很古怪，我再说给你听。我觉得，想起这件事，让我回到我们在该死的那一区里无与伦比的时光中。第一个是太阳：到处都有阳光。而且阳光老是跟着我，真得就跟我在呼吸一样。我冲到这儿又冲到那儿。不管哪里它都在，紧紧贴着我，哎呀，烦都烦死了，而且它还照得我眼冒金星。月亮呢，也一样。我用两只腿走到另一头去，如果是这么说的话，然后又往回走，噢，月亮还是在那儿，在树梢上，我白跑了。今天也是这样。我有时会想，我应该不是随便什么人。太阳和月亮老是跟在我屁股后面，一坨一坨的云也是。去，去，走开啦！

　　再讲到我和爸爸手牵着手、坐在地下墓穴里那一段令我怀念的好时光。那时候我还不到爸爸的膝盖高，我觉得他像一面高高的墙，常常笑，总是笑眯眯的，就好像在我人生的某个阶段，我背上真的长了一对小翅膀，小丫头才有的那种。而且，只要有这一幕，都会出现那个味道像是松林边野生玫瑰的香香嫩嫩、好清爽的妓女，如果她是妓女的话。我印象很深刻，在我还没到我爸膝盖高的那个时候，我有个幻想，就是接下来这个：我旁边有个小天使，那不是我，可是她跟我像是同一个模子印出来的，我弟就是一直要我相信这个，而且爸爸手里拿着放大镜，那东西就是这么叫的，他拿这个放大镜，用魔法捉住太阳光，在一块小木板上弄出了一点黑黑的痕迹，还有烟冒出来。爸爸笑着，还用这个浓缩的闪电写了几个字，不过我以后再来说这块木板，在时间、地点都对的时候，到时候就知道为什么了。

讲到这些回忆，如果这些是回忆的话，我总会心情激荡，久久难以平复，尤其是我做梦的时候，还有在去年冬天，弟弟说什么也要说服我相信，我们在山上的某个地方有个小妹妹，还有什么什么的。我还记得我们讲到的某个地方就是这里。不过，最后我还是忍不住想着想着就睡着了，真是烦死人。我耸耸一边的肩膀，然后，排了一点血，如果正好有的话。其他时候呢，我是说我爸和我不在木料仓的时候，爸爸就会跟平常一样，闷声不响，就像春天就会来的那头公山羊，他脑袋瓜里塞满阴沉的念头，在楼上的房间里命令我们，昨天晚上都还是呢！

我弟他哩，噢，他想都想不到会有受罚的义人，真的真的，他第一次看到他的时候，怕得像快被鬼拖去。人就这样跑掉了。我想他还会做噩梦哩！

总之，我就站在爸爸尸体面前，把我的记忆倒回过去，当然这一点用也没有，因为你倒说说看回忆能干吗。我努力把这些事情放在角落，免得再想起来，然后按照《伦理学》的说法，借着理解能力，用思考来代替。我把所有的念头收集起来，以便测测我和我弟在这宇宙目前的处境。爸爸已经完全变成一样东西了，因为他的灵魂已经不在那里面，我甚至觉得连这个里头的东西也不属于我们，生怕村子里那群人跑到我们这里来，不懂我们的习俗，也不尊重我们，更别说了解了，他们像口吐白沫的猪，像苍蝇一样笨头笨脑地乱钻乱窜，还来抢我们所有的东西，抢我们的区域、我的字典，也会抢受罚的义人，这是很有可能的，连带的也抢去语言和文字，甚至连爸爸的尸体也要抢去埋在他们觉得好的地方：粪坑里呀，烂泥巴里。

残忍的是，就算人家放过我们，我和我弟也不知道该怎么过下去。要是我们继续遵守爸爸的律令，好歹再拿念珠诵诵经，恐怕也是一场虚空，因为所有这些仪式，没有了爸爸活生生的身体，就会没头没尾，零零落落。而且，就像我在图画书里看到小孩子把圣诞彩球挂在枞树上一样，我也把一些微弱的意义挂到世界这个大碎片上，而我看着它们被风轻轻一吹就一个一个破掉，好像肥皂泡泡，这都是因为我爸爸死了。"我们在天外的来生"会来个出其不意的大转弯。

我跟你说，我自己都不敢承认，随便啦，管它去，等着我们的同类来，乖乖地让他们拿棍子打，那个诱惑很强。反正我弟和我的律法都没了，只能听他们的律法。我不准自己梦见那个帅帅的骑士把我揽在他怀中，骑上他的白马，带我到慷慨大度的国家；尤其不要想象这个帅帅的骑士笑起来跟你一样，眼睛跟你一样，也一样有你那把像汤匙闪闪发亮的短剑。

我唯一的机会，如果是这么说的话，我很清楚就是要留下记录。我满满的勇气握在手中，也就是说手里拿着我的天书和我的笔，眼泪扎着我的眼睛，写下第一个句子："我弟和我，我们大概要把整个宇宙扛起来了，因为一天早上天快亮的时候……"或是类似这样的东西，因为没时间了，我什么都缺，希望我有时间再回头读一次。

十三

我不知道有多少时间可以飞快地把这些写下来。我心里起伏不定，因为那个时候月亮不见了，天空乌蒙蒙一片，我笔一直不停，一口气就写满十几页，满满的句子和文字，像子弹穿透一页一页的圣经。我这位书记一头埋进动词里发动起来的时候，你最好躲开，那会跟疯子没两样。哎呀，可怜哪，催魂似的。我胃里一个声音打断了我，那声音叫作咕噜咕噜，要是我记得没错的话。这时，我突然想起我答应过我狼吞虎咽的身体，天亮以前要吃一两个马铃薯，现在还没照办哪！我合上天书的时候，觉得爸爸的膝盖动了一下。我们今天早上把他从杆子上取下来的时候，他的腿很僵硬，直挺挺的，像根棍子，但现在，两只腿微微屈着，就像死掉的蜘蛛细细的脚。好了，再回到我们刚刚说的。不过，为了问心无愧，再写一下这个，怪的是他的光脚丫好像两块发霉的面包，形状和颜色都很像。在死亡面前，我们实在不是什么了不起的东西，死前死后都一样，这是在下我要老实跟你说的。

我从成堆的袋子里拿了一个马铃薯以及一个我认识的甜菜，走到水桶旁边，洗一洗，然后用我像土星环的裙子擦干。甜菜已经软软的，被啃掉了三分之一。它跟我们人一样，而且老鼠也会啃它们。要么被吃掉，要么烂掉，在这尘世间，这没什么了不起，又没人在乎，这话不会有人不同意吧？我蹲在放着爸爸的那张桌子底下，开始吃起来。我又翻开天书，用那只很棒的手继续写。这时，楼上传来奇怪的声音。卧在离我不远的马立刻顶着臀部坐起来，用它颜色不同的两只眼睛看着我。是很神经质地把东西搬来搬去的声音，还有在每个房间跑来跑去的声音。所有的声音好像都往人物画像馆那边去。人物画像馆那里可以当作瞭望台，正对着爸爸的房间，就是昨天晚上还怎样怎样的那里。我整个人缩成一团，怕都怕死了，身体紧紧抱着我的朋友天书。弟弟突然从楼梯那里冒出来，冲到柜子那边，一路把东西都碰倒了，一副气急败坏的模样，急躁得不得了。他一把抓起一张椅子用力丢，那椅子也不过是挡到他的路，又没犯什么罪，不过这一丢却弹到了爸爸肚子上。就在这个时候，我明白弟弟刚刚得到了上帝的恩宠。

"你在干吗？"我问，但不敢从桌子底下出来。

弟弟正用力扭开铁钉罐的盖子，怎么扭也打不开。他气冲冲地比个手势，要我别出声，然后上楼去拿锯子和锤子，又是一阵搬动东西的声音，而且声音更猛了。

我两只手捂住耳朵，很想大叫，立刻跑掉，逃到村子里，扑在那些狡猾的人脚下。这一刻我再也受不了我弟。那些尸体和下葬，还有什么什么的，还有这像炭一样黑漆漆的人生。可我不能丢下我弟不管，我好像觉得他正从斜斜的地方滚下来，我得把自己掩护好，才不会像那把挡他路的椅子一样，这样讲还很客气哩！我上楼去看，就从今天早上爸爸像钢琴一样滑下来的那个楼梯上去。

噢，那些半个人！我一直都不知道他们从哪儿来的，不过同样也从来没有人知道我们是从哪里到该死的这一区来。这些半个人的人数大概和人物画像馆里的人物一样多，我早就很喜欢他们，常常会帮他们打扮，呵，弄弄这个，弄弄那个，不过都弄得很好看。我跟他们玩的时候，就把我们想成和圣西蒙一起在太阳王的宫廷里，那里到处是帅帅的骑士和伯爵，都站着睡觉，就穿着衣服做梦。还有呢，我有个秘密，虽然我是我爸的儿子，不过在这里我假装是伯爵夫人。我们把他们叫作"半个人"，是因为他们只有身体，蜡做的，还有木头做的。

他们缺了里面那一半，那一半可以让我们

呼吸，有那一半才叫作完整的同类，如果我说得够清楚的话。高兴的话，也可以把它们叫作模特儿，虽然没那么有力，也没那么正确，而且用这样的词也没什么用，就像敲过东西以后的锤子，把柄不牢了，会晃来晃去。

弟弟把他们搬到瞭望台上，沿着栏杆排成一排一排，让他们立在椅子上。有的手里拿着扫帚，有的拿一截粗粗的树枝，有的拿十字镐和耙子，远远看就像有一群人在守卫。这是我弟想出来的点子。我从来没看过他这么狂热，他耳朵里和他的洞里简直要冒出火花来。

"弟，"我说，"你该不会是想要用这些拿扫帚的半个人来吓走村子里那群人吧？"

弟弟点燃了六七盏煤油灯，我跟你保证，这些灯发出来的亮光不会让人想到天堂。他在瞭望台里这头那头地跑来跑去，武装他那些所谓的士兵，自己还固定每隔一段时间就喝下满满一杯酒。天哪！他还说："这一区归我管，我是主人。

他们要来就来吧，我才不怕跟他们讲话，我用枪来回答他们！"

"你的枪？哪来什么枪？"我想让他理智一点。"爸爸现在只是一具尸体，身体动都动不了！"

"现在我是爸爸！"

他很臭屁地拍拍自己的胸脯，动作就像爸爸以前一样，两只拳头打得胸部咚咚响，活似大猩猩。

以前，到了夏天，蝴蝶就会停在我膝盖上顺时针转半圈那么久。我常想口气严肃地跟它说："我是你的主人，你归我管。"想试看看这会怎样。可我的牙床忍不住，害我扑哧笑出来。我是说我的朋友蝴蝶就飞走了，因为啊，不信你试试看去跟蝴蝶解释这一区的主人是什么东西！连蝴蝶都不懂的，就不会是什么重要的事，我这么觉得。不过，我要赶紧补充一句，在爸爸还是完整的人、会呼吸的时候，我家的人对这件事的看法有分歧，不是每个人都同意我的意见。

不管怎样，我不理弟弟那个"神经病"，就是这样说的。我拿起煤油灯，冲到楼梯那里。

"你去哪儿？"他大声喊，那声音简直像他全身光溜溜被丢到火堆里。

我不回答，跑到外面去，跑到活生生的夜里自己想办法。我往你想也知道的那个方向去，就是木料仓，也叫作地下墓穴。我知道我在那里比较安全，因为弟弟没种到这里来，原因你也知道。我靠着放受罚的义人的那张石头桌子坐下，缩着双手，好腾出空间写字。我一个劲儿往下写，就像我平常很猛那样。只有打着哆嗦往门口走去，瞄一下弟弟又在那个蒙上帝恩宠的暴君国度里做什么的时候，我才会停一下笔。从某个角度说，他做得蛮成功。因为说真的，从我现在这个距离看，简直就像我在字典里看到的，一营士兵各就其位。他几次把两只手圈起来，当成喇叭筒，一直大声喊着："他们要来就来呀！我有话跟他们说，我要跟那些同类说话！"我走回石头桌子旁边，全身发抖，心里很伤心。我好想在你身边啊，有你保护我，我是个小女孩，她会害怕这个保护她的人，可是也被他吸引。不过，我把头发往后拨，拨到两边肩膀后面，叹了一口气，我就又有勇气拿起笔来写。

后来，瞭望台那里抛出了几团火球，划过天空两三次，其实那还蛮好看的。这火球是他怎么做出来的，我完全不晓得，也不知道他怎么把火球射出去，竟然可以射到田野里，其中一个还很接近木料仓，害我差点叫出来，还好我忍住了。因为我冷静想了一下，像我弟那种脑袋瓜不太灵光的人会弄出这么精巧的东西，一定是蒙上帝的恩宠，就像我前面说过的。而且这一定是他这么多年来脑子里乌漆抹黑一团，突然变得聪明，让他一下子疯癫起来。

再补充一句，弟弟拿锤子敲一块长方形的铁板，发出轰轰巨响。我猜，他想让人家相信他和他指挥的那些东西是好哥儿们，可是谁会这样就被他这个满脑子糨糊的骗了呢？他只骗到他自己。哼。

这时候我突然明白，刚刚划过天空的火球，其实是着火的山鹑回来了，就像小朱庇特用很多很多笃耨香弄出来的一样，笃耨香，如果这是这么叫的话。总之，那些小鸟真是可怜。造物主真没同情心，也不知道害臊。

一整夜就这么过了，我和字一起熬了过来。我挤成一团的蝇头小字写了满满二十几页的纸，哼。到最后，我脑子里一片空白，好像被热得快烧起来的眼睛融化了，铅笔从我手里滑掉，自己逃命去了。

我还要告诉你，我觉得我们好像被团团围住，我想是不是最好考虑追随爸爸，拿那根绳子吊死自己，一路跟去，也好在刹那间解决所有的难题。绳子的用途就在这儿，我的宝贝蛋。可弟弟怎么办？而且，我也会永远看不到你了吗，我的爱人？还有那些偷偷和我一起跳舞的小鸟会有多害怕呀！甚至连那些在地球另一头的小鸟也是。还有我会发亮的玩具娃娃，以及裹着绷带、受罚的义人该怎么办？

天空露出了曙光。我听见有敲打铁锤的声音，就又往外面看最后一眼。我弟正把一张椅子钉在用皮带系住的两张凳子上。他把椅子摆在菜园旁边，离屋子只有十几步的距离。可以去看一下那两把可怜的凳子，现在都还在那里。就在这时，有个影子出现在松林边的田边，就在蔷薇花丛里，我怎么也看不出来那是什么。我想我已经在这个遗嘱里写过这个怪东西，在前面一百多页的地方。不过，后来我终于认出一大早就出现的这个影子是什么：是我们那位只靠一只木柄站着的同类，他像喜鹊一样在地上跳呀跳。唉！就是那个乞丐。

十四

就是那个求道人嘛。他穿着那件袖子宽宽
的长外套，那件衣服只有用油腻腻可以形容。而
且我跟你说，在这痛苦的时候倒是很需要他，他
很有气派、很威严地踱着步子走过来。他的拐杖
简直是一只快乐的腿，乐陶陶地自由活动。他偶
尔会停下脚步，用他中间那根木柄拄着，那根木
柄每一步都扎扎实实顶着坚实的大地。每次他要
继续走之前，都会像孔雀开屏一样，用拐杖画上
一圈。这个句子是圣西蒙的句法。喏，这个求道
人，是个心情轻松愉快的邻人，我不记得我以前
有没有写过这点。那些满脑子忧愁的人，不会有
他这种表现，不骗你。

我弟对他使了个眼色，表示他可以过来。
他的动作停了一会儿，眉毛和睫毛都碰到了一
起。从我躲的这地方看，我想他那眼神里有一点

点迟疑和惊讶，这样反而让我觉得有希望。可是想得美咧，一个蒙恩的人不会为这么一点事就慌了。弟弟使性子继续锤着他钉在两把凳子上的座位，每锤一下，那座位就抖一下，这下可换我慌了。

乞丐把他的木柄挂在田中央，把拐杖挂在手臂上，笑嘻嘻地拍着手，显然十分赞赏我弟做木工这个壮举。看到瞭望台那些用扫帚、拖把武装起来的半个人时，他嘴巴也弄出一个"哇"的样子。他拍着大腿，喉咙里发出声音，就像狗的声音，这是他的表达方式，就像我前面写过的。然后，他走过来，用指关节敲敲左边的凳子，就像敲门，以便引起弟弟的注意，弟弟是注意到他了。他把一根指头，"指头"这名字取得真好，放在他鼻孔前面，假装是胡子，想以此表达他想知道我爸爸哪里去了。弟弟的回答就是把头歪一边、闭眼睛、伸舌头，用他没拿东西的那只手在头上拉拉一条假想的绳子，装出一个人上吊的样子。人家不会看不懂他比画的。这个乞丐先是一愣，最后觉得这样蛮好的，于是愉快地往地下墓穴走过来。我一直躲在这里面，他不知道，弟弟也不知道。他靠墙坐下，专心望着弟弟，好像在演一场只给他一个人看的戏，就像我们唯一的那个玩具。这时，求道人用嘴巴发出了小声的音乐，噗呼噗噗，那声音类似马从鼻孔里喷出鼻息。说到这儿，我倒想问问这一位哪儿去了，我是说马啊，它好像不知失踪到哪儿去了。然后，乞丐从口袋里掏出一块烂掉的三明治，咬了一口，可自在得很。弟弟他呢，钉好座位后，就盘坐在最上面，手拿鸡毛掸子当作令牌。几小时前我在人物画像馆看到的那具干掉的浣熊尸体，被他拿来套在头上当王冠。瘦巴巴的一个国王，坐定在王位上。乞丐鼓掌。

啊，我宁愿不睡觉，希望在没有发生大灾难以前把遗嘱写完。可是我力气用尽了，它就像铅笔一样溜掉了。不管做什么，不管是怎样，也不管到哪步田地，最后总要躺下来睡，这是天注定的。我们脖子上都套着项圈，你在这世上撑得了一时的疲惫，最后还是会把你拖了去，然后人就会倒下去。都是这样，不然你能怎样？这是死亡系在我们身上的松紧带。

十五

我被一声巨响吵醒。我大概睡不到时针转半圈的时间，因为白天还有微弱的光线。我走到门边，野生小母羊脑袋瓜还昏昏沉沉的，一路撞到了各种乱七八糟的东西，甚至小腿肚都撞破了皮。我想是撞到了犁，很痛，也流血了。唉，好吧，再回到我刚才说的。

这声巨响是风笛发出来的，我弟不知道从哪个鬼地方找到这玩意儿的，他把它背在身上，其中一支笛还飘出一点点蓝色的烟，就像从爸爸吃了辣椒的嘴巴打嗝的时候飘出来的。我知道弟弟知道一些我不知道的我们这一区的事，因为有很多房舍我从来没去探过，他却常在那些地方耗大半天。而我呢，有那么多蔷薇花可以摘，还有那么多蕈类朋友，还有每天有一定量的字典要读，还有那些会发亮的玩具娃娃，我对这尘世间虚浮的东西没有太大兴趣，就像宗教训诫我们的那样。我想这个我已经写过了。弟弟一定很久以前就知道有这个风笛，我一边看他吹，一边跟自己解释一些事，一些我以前从没放在心上的事。也就是，爸爸到村子里去的时候，我听过几次类似的巨响。我当时心想，这应该是树枝突然被风刮断，或者是雾凇积得太厚太重压断的声音，因为在我们这一区雾凇一年一年积上去；另外还有什么呢，现在我终于发现那声音就像今天这声音。还有，我现在也想起来了，我从来不知道以前那声音出现的时候弟弟人在哪儿。我现在猜呀他一定是去找风笛，拿着风笛朝山鹑吹。因为——现在这件事突然清楚地浮现在我回忆里——我想起我听见这巨响的那几次，正好都是弟弟撒谎说在路边捡到两只死鸟的时候。他还把鸟煮熟，跟爸爸分着吃，恶心。我呀从来不吃这个，你想也知道。要是有人强行把一小块煮熟了的山鹑尸体放进我嘴巴里，我一定会把肠子都呕出来。我看着他们吃，心里偷偷哭，没有让人看出来。哎呀，我要写的又不是风笛，是要写火枪。天哪，我可怜的脑子大概是累坏了，我搞不清楚字的意思。陪我的，只有它们了。火枪这个字眼用得不太对，这是很有可能的。我想那应该是一把长枪。天哪！我弟又往松林那边开一枪。我完全不知道那边是不是有什么东西他想弄死的。有吗？是什么？

不过，枪的后坐力很大，弟弟一屁股跌在地上，忍不住笑了。他站起来，但是站的地方不结实。他抓起一瓶好酒，头往后仰，就着口喝，像只不折不扣的猪，可是他发现酒瓶是空的，很尴尬，于是随手把酒瓶往石头墙上扔。瓶子碎片溅开来，我也很怕我的头像这样溅开来。

天一点一点地亮了，这时候可以很清楚地看见瞭望台里的守卫根本是些半个人。弟弟把两张凳子钉在一起的宝座，谁看到都会觉得不怎么样，我不骗你，我就是第一个这么觉得的。我很生气地摇摇头，看着他那里。就在这时，我看见那个乞丐又一跳一跳地从小丘上走过来，我完全忘了他。刀剪从他袖子宽宽的长外套里掉出来，从他没有挂拐杖的那只手里掉出来。他笑得像一只凶恶的老鼠，身上掉出来从舞厅拿的一大摞银杯等东西。他脸上的表情又紧张，又开心得不得了，眼睛里闪着光，贪婪的样子暴露无遗。他还笑眯眯的哩，你猜也猜到，天上掉下来这么宝贵的礼物。野生小母羊，她呀又回到她的遗嘱里，不然她还能做什么。

纸一页页叠起来，我没有再看一遍，自己一个劲儿地往后写下去，这叫作直直往墙走去，就像圣西蒙说的。可是我相信字，它最后总会说出它们该说的。

就像你闭着眼睛在原地转五圈，然后丢出一颗小石头，睁开眼睛以后，你不知道石头丢往哪个方向，不过你知道它总会掉到地上。字也是这样，不管怎样，它们总会落在某个地方，这才

是最重要的。我意思不是说书记可以随自己高兴
乱写，而是说他可以畅快地埋头其中一直写，这
是不一样的。所以野生小母羊也可以一个劲儿地
写下去。

我很快就听见了我弟扯着喉咙叫我，只有
他会用这种叫声喊。我知道那瓶好酒让他发癫
了，我立刻缩着身子躲在脏脏的窗户底下，只敢
稍微露出鼻尖，看看外面那位搞不清东西南北的
家伙。我弟醉得跟小僧侣一样，骑在不知道突然
从哪儿冒出来的马背上。这狡猾的家伙，看了真
让人可怜。那可怜的畜牲，四条腿就像被压得弯
弯的几截树枝顶在地上，弟弟的体重压得马肚子
往下坠，几乎摩擦到地上的小石子。它走路的速
度跟短腿猎犬一样，因为我知道什么是短腿猎
犬，我们以前那只吃了好几丸蛀虫死掉的狗也像
这样走路。弟弟压得它拖着步子走，简直像是一
匹赛马被坏仙女变成一根白色香肠，因为天下
不是只有好仙女，这我可以告诉你。马有时走不

动，有时步伐大乱，我弟就用力踢它两边。他要
到地狱受火刑去了他，我是说弟弟，我不骗你，
而且事情还没完呢。有一天早上，我绑在马肚子
上的那一根绳子还勒在那儿，在绳子一头还拖着
一个大袋子，光从它的大小我就知道里面装着什
么。我看见求道人对这些都无动于衷，还很快乐
地跳进我们尘世居所的厨房。

那位小朱庇特又在叫我了。他头上还顶着死
在捕兽器里的那具浣熊尸体，就像国王戴王冠。

就在这时，传来了可怕的轰轰声。那声音
慢慢朝着我们这边过来，只有"可怕"这个词可
以形容，因为那好像是从我们脚底下的地狱冒出
来的，要是我们不想堕到地狱去，就要相信真的
有地狱，可弟弟这个人向来什么都不信。不过，
这正好是我爸的一句格言，说像多马①那样非得

———————

① "多马"即是在耶稣复活后，以手探入耶稣肋旁才相信
耶稣复活的人，见《圣经·约翰福音》。

自己亲身经历了才信的人，最后在衣服上点火，就是因为不相信玩火柴很危险。

十六

有个东西我不知道该怎么叫，不过人们大概会说那是个巨大的钟，有驴子那么大一坨。难得有钟大成这样，它沿着经过松林直通七大洋的那条马路轰隆隆挪过来。我弟在马上几乎坐不稳，因为马被这个声音吓坏了。那声音让人误以为是天上的怪鸟发出来的，要是我没记错的话，爸爸把这种鸟叫作"神翱"，而且鸟一来弟弟和我就会溜掉。马看着这个大钟不断靠近，只能又踢又蹬，弄不出别的花样，有几次它还把膝盖打弯，肚子像个软软的气球从泥泞的地上弹起来。是啊，泥泞的地，有一天我们都会尘归尘、土归土。

大钟停得离弟弟不远，正好和我躲的位置正面相对，不过它不知道我在这儿。

大钟其实是个很复杂的机器，我们在这一

第二章

171

区从来没见过，我们只见过管风琴那种机器，那个让我脚痛的东西。我只能说它有两个轮子，上面还坐着戴头盔的骑士，信不信由你。骑士一跨下机器，那个轰轰轰的声音就没了，真的就是这样。骑士从头到脚穿的都是皮的，他掀起眼罩，摘掉头盔，把它夹在手臂下，我的心好像青蛙跳水一样快进了出来：原来就是你呀，我的亲亲爱人！你那像带着双刃短剑的眼睛又灿烂又温柔。

我弟嘴里嗝不出个屁，他像我手里的纸一样抖呀抖，盯着骑士看，也看着他那台该死的机器。骑士问他："你姐姐在哪里？"接着又说，"你哥哥呢？你哥哥在哪里，穿裙子的那个？别怕，我不会伤害你的，我是矿场督察……"吓坏了的弟弟还是不回他的话。骑士犹豫一会儿，就往屋子那边去。弟弟用鞋跟踢马的两边，要它快跑，可是，可怜的马已经撑不下去，一瘫倒在泥泞的地里，弟弟也跟着翻了跟头。

弟弟站起来，但并没有把浣熊捡起来，浣

熊也在他翻倒的时候滚到地上。然后我弟就跑掉
了，拔腿就跑，想要在矿场督察面前占上风。弟
弟爬上了架在两张凳子上的那个宝座，但又跌下
来。我顾不得文字有误，必须赶快在这里简单交
代几句。我要说的是，"凝定"是家庭遗传，爸
爸和我真的会这样，可弟弟就不会。小朱庇特处
理状况会有其他对策。有些时候，也不知道为什
么，弟弟会害怕得不得了，怕得全身哆嗦，好像
连呼吸都有困难，让人觉得他身体里有猛兽拿他
的肠子来打结。他必须努力让他的心脏继续跳，
等等。这没什么好笑的。他这种发作看起来一
点也不比"凝定"愉快，要是你问我意见的话。
噢，我弟这时候就这样在他的宝座上、在矿场督
察面前发作了起来。我只希望弟弟不要在他面前
发作，因为，到底，伯爵夫人在你面前还是会为
她的家人觉得不好意思。

　　我现在更加相信那时候矿场督察说的话。
你一边说我一边都把它记在我脑袋瓜里，而且我

明白你说得那么大声，就是要让躲在一旁的我听见。

"你听我说，我是以朋友身份来的，想来帮你。我知道你听得懂我说的话，虽然这可能不太好了解。我也许可以处理你们的事。我是工程师，不过也是……呃，总之，我要告诉你，再过几个小时，他们都会到这里来。村子里的人，甚至别的地方的人，还会有一些政府官员也说不定。我昨天遇见了你姐姐，或者你愿意也可以说那是你哥哥。我自己也不知道为什么，可是我非常同情你姐姐，呃，或者说你哥哥——天哪，真是的。我希望在他们来以前，你能准备准备。如果可能，我希望我帮得上忙。情况很严重，你也知道，我昨天和本堂神甫查了受洗名单。你知道我在说什么吗？这里应该有一对双胞胎姐妹，我昨天见到了一个，另外一个在哪里？另外一个怎么了？还有你妈妈呢？她还跟你们住在这里吗？"

我稍微开了一点点木料仓的门，门的嘎嘎声会引起人家注意，这就是我要的，我想要督察发现我在这儿。我坐在门槛上。督察立刻往野生小母羊这边走过来，就像孔雀走向花园里唯一的花朵。

弟弟大喊大叫，说这里归他管，他是主人。不过我跟你说，没有人相信他的。

你继续往我这边来，一点没把他放在心上。这时候我也远远看见求道人怀疑、不安的目光。他眼睛一直跟着你，鼻子贴着我们尘世居所的厨房玻璃窗。

"你为什么躲在这儿？怕你弟弟吗？"

我没回答，很快躲进木料仓。可是我还记得，虽然当时气氛不对，我走路还是特别用了点力气，好让我的屁股在矿场督察眼中还是有点样子。我走到受罚的义人旁边，站着不动，也不出声音，好像就等你来下结论。

"这个地下墓穴是怎么回事？"

　　木料仓里黑漆漆的，他提了煤油灯，往我这边走过来，突然脸色变得好苍白。可别小看他呢，这个受罚的义人，我不记得我有没有说过这个。我站在他旁边，两只手交握，放在肚子前面，就像爸爸要我背《乌鸦卖牛奶的女孩》时的样子。我态度安详地看着督察。受罚的义人缩在地上，一只手有气无力地挪了一下，然后是头，好像努力想要逃却逃不掉，或者惭愧得想要躲却躲不掉。他好像要钻到墙里去，因为他其实很胆小。可是他这小小的动作让绷带都松开了，天哪，我急忙把他的手指扎起来，希望他能见人，然后我又摆出有教养的小女孩的姿势，突然两只手交握，放在肚子前面。这下子这位矿场督察诗人先生可惊呆了。噢，现在就不会以为自己很行了吧？他眼睛瞪得像茶托。受罚的义人从头到脚裹着灰色的绷带，和我字典里画的木乃伊样子很像呢。他脸上只看得到牙齿，因为义人甚至连嘴唇是什么都不知道，也不知道吃东西那一截红红的舌头，还有他的眼睛很柔和，眼睛颜色就跟我的一样，我们两个像极了，就像同一个模子印出来的。全身穿得破破烂烂的义人想爬回他常待的那个箱子里，两手又推又拉，很痛苦。那个箱子从来没有离他那么远，这可怜的人只能吭哧吭哧，拖过来拉过去地弄呀弄。可他怎么弄，都挪不了多远，因为他脖子上箍着铁链，链子拴在墙上。他也有个像袋子一样的东西，我忘了说，这袋子围在他肚子和屁股旁边，他那个洞有东西掉出来的时候用。

督察的声音恢复了，虽然变得细细的。

"真可怕……好残忍呀……这是……这是你妹妹吗？你双胞胎妹妹？"

我轻轻耸了一下肩膀，抬起眼睛望着天花板，这是要跟他说：你好蠢啊！

"那这个呢？"他又问，因为他还没镇定下来，这位眼睛里带双刃短剑的骑士。

他把灯凑近玻璃柜。里面那件洋装，已经

不能说是我们这个世界的东西了，因为它有点像
泥巴干了以后那一层厚厚的东西，里面还有一具
骨骸，我想我要先说一下这是什么。头盖骨还好
好的，它还是属于这个世界的东西，也还有一点
牙齿之类的和眼睛住的房子，眼睛以前还活着、
有眼神时就住在那个窝里。

"这个呢，这是你妈妈？……"

我喜欢把你嘴里念的字写下来，就算是很
无聊的话。这样会让我觉得你的嘴唇好像就夹在
我的腿间，紧靠着我心窝。我也喜欢用第二人称
和第三人称说到你，从这个人称旅行到另外一个
人称，就像我的朋友——有宝绿色翅膀的蜻蜓，
夏天时在长寿花花丛里飞来飞去。你突然大发雷
霆，生造物主的气。那个不公不义的全能主宰，
喜欢听母亲们的泣诉。你在地下墓穴里兜着圈子
转，咬牙切齿地骂："怎么会有这么可怕的事，
怎么会有这么可怕的事……"

督察靠在墙上，垂着头，就像义人。他终

于抬起头，一直看着我。我从他眼睛里看出他觉得这个世界真是可怜，特别是我也在这世界里。这时候是该有人了解一下其中缘故，那我就再解释解释吧，这是我该扛的十字架，也是我的命运："我想她绷带里面没有皮肤了。她曾经烧伤，伤得很重，全身都烧到了。"我说"她"，因为其实"他"或"她"都可以。我们讲受罚的义人，可以用"他"，也可以用"她"，因为有几次，爸爸偶尔会搞混字的阴阳性，用"她"来称呼，他的习惯传染给我了。

要非常非常安静才能听到义人的声音，不过有时候义人喉咙里会轻轻叹口气，因为地下墓穴总是很安静，所以就听得到她叹气，轻轻的一声。我把她那一碗水推到她面前，可是她左眼皮像牛一样慢吞吞地垂下来。她不会说话，我们要自己想办法了解她，她合起左眼皮就是说不，这是人的本能反应。我把那碗水从她牙齿边移开。

督察弯腰看着义人，非常小心，而且有点

怕怕的。她稍微动动小指头，他就吓得往后跳，跟我弟那个蠢蛋一样。蝙蝠一大早从我们头上飞回巢里的时候，弟弟也是这样，其实那些蝙蝠很友善的。

"她站不直，"我卷了卷一截绷带，又接着说，"她那两条腿好像是拿来玩的。"

不过有时候我会把她的绷带整个解开，躺在她旁边，比一比我们一模一样的身高。我爸以前说的话，就我有听懂的部分，他从来没解释过这件事，要懂他的意思老是要靠猜，他总是句子里裹着另外的句子。好像是义人烧了我左边玻璃柜里的这个死人，不过这大概是我弟和我到这尘世以前的事，因为我从来不记得有这件事，如果真的有这件事的话。我想，自从有这个世界以来，他们一直都在，我是说那个死人和那个义人，而爸爸一句话也没交代就灵魂升天了。大家会满意我刚刚补充的这些的，这让事情都清楚了。

　　我把手放在她头上，对着她笑，让她知道我没有生她的气。我还对督察说："受罚的义人，我们就是这么叫她。要是没有她，我们是不是会使用字都还不知道呢！这个问题我曾经想过一次。说不定就是因为义人一直沉默，我弟和我，我们才能有语言、文字，尤其是我。我的意思是，是不是义人都把沉默留在自己身上，好释放我们，让我们能够说话，而且我请问你，如果没有字我会怎样。好耶，义人，你干得好。你看见了吗，这大概就是没有杂质的痛苦，全都兜在一起。她就像是痛苦本身，甚至没有人知道她还有没有一点点脑子。不过，我觉得还是有，多少总有一点吧。

　　矿场督察好像突然紧张起来，往墙边跑去，一把抓住义人身上的链子，扯呀扯的，好像要把它扯断，可是它系得牢牢的，别担心。受罚的义人缩得更紧了，因为她本来就很胆小。我呀继续说话，一边还不由自主地去擦玻璃柜上的灰尘。

"弟弟从来不到这里来，因为他怕死了这个义人。爸爸和我就不一样，夜里我们常会到这里来待好几个小时。他额头贴在玻璃柜上，哭得稀里哗啦。而我呀，信不信由你，我是从来不哭的，不管是在这里还是别的地方，我发誓，我就是没哭过，就是这样。爸爸的手握着我的手，还一边哭，这是圣西蒙的句法。后来，我也不知道为什么，已经有好多年了，爸爸再也不愿意来这里，而我得在指头上绑一根带子，以免忘记喂受罚的义人吃饭，她只吃燕麦片。我还要帮她拍掉灰尘，每隔一段时间还要帮她换绷带，就像爸爸教我的那样，因为绷带也是活的，它也会腐烂，还有一股药水味。爸爸在尘世间最后的那段时间，甚至都不想听到义人的事。要是我多说几句她怎样，就会被他揍一顿，如果你有听懂我说的话。所以，后来就我一个人到这里来，尤其是当我难过，或者觉得有一点忧郁的时候。我觉得，在这个世界上，在这个地下墓穴里的爱比其他地方更多，因为有好几个晚上爸爸曾经那样久久握着我的手。"

我说从来没哭过，当然有点在骗矿场诗人，因为我哭过好几次，像是爸爸要我们把他绑在人物画像馆门上的链子上，而且强迫我用一块湿布鞭打他的时候；还有我用两只脚踩管风琴踏板的那几次，或者笼统地说，当音乐突然袭来的时候。不过我骗督察，是为了要表现我很独立，也为了要表现我有自己的尊严，好让他觉得我很迷人，可爱得不得了。

督察合上眼皮，摇摇头，看起来又痛苦又沮丧。他睁开眼睛以后，还是小小声地说，而且他不再用野生小母羊的第二人称单数叫我，让我有点不是滋味："呃，那这个呢？这是谁弄的？是您弟弟？……"

因为我穿着一件宽宽的粗毛线衫，人家不能确定我肚子怎么了，可是昨天，他把我紧紧抱在怀里，帮我上那一课的时候，矿场督察不会没发现的。

"对，我知道，我肚子肿起来。它已经肿了快两个季节，因为我已经快要两个季节没流血了。我觉得自己没有小鸡鸡以后，身体上有伤口，要不然就是我灵魂里有伤口，灵魂让我和我弟那些士兵不属于同一类。我肚子鼓起来，而且奇怪的是，我好像觉得有一个不是我的人在里面，就像我开始要变成一个又半个什么的。我肚子里现在就是这样，你摸摸看。"

我觉得一定要我去拉你的手，你才会摸，你的手软炃炃地摊着，随便我拉，我出其不意地去拉它放在我肚子上。

"刚开始，像是黄蜂宝宝轻轻地嗡嗡响，他在我肚子里从右边旅行到左边，还一边画着线，他动作很轻很慢，我很清楚黄蜂宝宝是什么样子。你有没有摸到他这时候正在我身体里面动呢？现在有点像一拳一拳打我肚子，生命从我肚子深处用拳头轻轻地打我。不管我人在哪里，也不管我写到哪一页、哪个句子，我每被打一拳，就在天书里写下这些字：嘿，来吧！和我手里抓把血丢出去比起来，还有跟被我死去的爸爸揍的那几拳比起来，我更喜欢身体里面给我的这个活生生的小拳头。嘿，来吧，来吧！"

我再说一次，讲这些是希望你觉得我很可爱，都快迷死人了。可是督察盯着我看，好像不懂我这时候怎么笑得出来。可这时候有什么特别的吗？他为什么会觉得这个时候笑特别奇怪？何况我的笑容这么纯真无邪，哼，一点也不像我弟。我的笑像蜜蜂的笑，地球上再也没有比它更纯真的了。因为一想到我身体里面这个会动的东西，我脑袋里就会产生一些温柔的念头。在这个该死的星球上温柔的时候不太多，我不会不理这种时候，对它吐口水。

"我昨天很清楚地感觉到，你从我身上挪开是因为你感觉到我肚子是肿的。你一边跑一边喊着：'怎么会这样！怎么会这样！'"

我听到一声枪响。木料仓的窗户进了开来，
碎片四散，一声轰隆隆的巨响从我们的头上呼啸
而过。

"啊，他向我们开枪，这家伙！"

又传来一声巨响。这一次子弹大概被挡在
石头墙外。受罚的义人把自己紧紧缩成一小团，
还哼哼唧唧的，像山鹑一样把头用两边翅膀抱
住。督察跪了下来，一只眼睛冒险凑到被捅开一
个洞的气窗往外看。我看你这样跪在地上，气窗
洒进来的光线只照着你的脸，我不知道该怎么说
我当时的感觉。我觉得你好尊贵、好有威严什么
的，简直像是牢房里的圣女贞德有圣灵在她头上
添光环。然后你往我这边跳过来，轻声地说话，
但那声音却像喊出来的一样：

"我想他没有子弹，进屋里去找了。快！你
不能再待在这里，快跟我坐摩托车走！"

我们迅速离开。我跑到摩托车那边去的时
候跌了一跤，摔在烂泥坑里，因为天书很厚、很

重，但我不想丢掉它，你想得美哟！可我的王子
你把我抱了起来。

你让我紧紧靠着你坐稳，贴着你的肚子，
好让我躲过我弟的风笛。突然间，我两只腿中间
热热的，也震动了起来，这种感觉很好。你的摩
托车噗噗噗响，我觉得我整个人醺醺然，一扇一
扇的门敞开来，带我前往你的王国。

又传来了两声巨响，如果我的记忆可靠的
话，因为被你摩托车的声音压着，我们几乎没听
见，然后又传来第三响，最后的一响。然后呢，
事情发生得那么快，我怎么看得见，你把手放在
你脖子上，好像有苍蝇在叮我们，你的摩托车也
发起疯来，来个大翻转，我头撞到了地上，别问
我怎么会这样。我好不容易站起来的时候，摩托
车的轮子还在悬空转啊转，因为它翻倒在地上，
还噗噗噗响，简直是绝望的呼号。我看到你手搁
在喉咙上，躺在离我不远的地方，血从你手指间
一阵一阵喷出来，你眼神里充满疑惑，不明白为

什么突然有人对你开枪，你那又惊讶又乞怜的目光，突然僵僵地定住，就像两个洞。不知道你眼睛不再看我的时候，中间过了多久的时间。我把额头靠在你胸膛，一直哭，一直哭。

最后我终于抬起头来，摩托车不再呼号，我也明白了一切。我彻底懂了，我们梦想的事物降临在这个世界只会有短短的一刹那，而这一刹那只是为了来嘲弄我们，在我们舌头上留下一点滋味，像是一小坨凝浆的果酱滋味。就这样，在田野中，我又拿起天书，手握铅笔，一直写下去。因为，一个书记，真正的书记，怎么也不会推卸他帮事物取名字的责任，那是他的职责所在。而且我的人生已经一无所有，我不想继续被剥夺，像方济各会修士那样，像眼神柔和的母骡子那样，连带把我灰烬玩具（也就是我的字）都剥夺了去。我们越不知道给东西取名字就越贫穷，如果受罚的义人会说话她会这么说。

十七

　　至于我弟呢，我应该去把这件事告诉他，他还在那里忙，好像什么事也没发生，而且做那些事似乎很有意义，我想，这还不都是因为他有小鸡鸡。哼。我隔一会儿就往他那边看一下，不是用不屑的眼神看，而是可怜他，可怜他那被上帝的恩宠灌了浆的脑袋瓜。他刚刚还跑到松林边挖个坑，现在坑已经挖好了。他回到屋子那边，神情很激动，拿刀割断了绑着马的那根像是肚兜带的绳子，这样才拿得到拖在绳子后面那个装了爸爸尸体的大袋子，哼，我就知道。然后，我看见图书室那边冒起了一涡一涡的烟，在二十分钟前，我弟就不知道跑到那里去干吗。我又低下头，写我的字，趁我们人还在这地球上。

　　这之后不久，我又看见他靠近，这一次是往我这边来。我不能说我很害怕，因为这尘世间

再也没什么让我留恋的，一切都互相联结，一旦
联结断了，我们就不再存在，受罚的义人不会不
同意我说的。如果说我还有个联结，那就是我身
体里和我肚子联结在一起的那个，很快就满两
个季节了。我跟我自己说：希望这个联结一直
在……

　　至于弟弟他嘛，现在和我杠上了，哼。我
派我有小小霹雳火的眼睛去跟他说话。他挥了一
下手臂，意思是要我去见鬼，然后从口袋里掏出
一块东西，丢到我脸上，软乎乎、黏答答的。我
看看草堆里，看那到底是什么东西。喔，原来是
我们唯一的那个玩具青蛙，只是现在它已经死
了。这时候，弟弟往爸爸的尸体那边走去，然后
很吃力地扛着尸体走。尸体里头没人以后很重。
他把尸体埋进他刚刚挖的那个坑里，然后插上我
昨天早上做的那个十字架。就这样啰，该做的都
做了。

　　至少我以为是这样。因为我没想到有个人

出其不意地从背后用拐杖捅我的腰。

噢，原来是求道人。天哪。他那邪恶贪婪
的冷笑声，还有喉咙里发出的像狗一样的声音，
都是他的表达方式。我一直埋头在天书里，在离
我爱人的尸体不远处。他躺在那里，两只眼睛像
洞一样僵僵地定住，求道人拿拐杖戳我的肋骨。
天哪，我哪里对不起上帝了。他贴着我，躺在我
身上，那脏东西盖在我脸上，他吃的三明治残渣
还留在牙缝里发出恶臭。他拉拉我眼皮，扯扯我
嘴巴，还咧嘴笑得好高兴，就好像在从前美好的
年代，爸爸要我们对他做的那样。这简直是要取
笑我，向我报复。终于，他掀起我的裙子，在我
身上动手动脚，乱摸一通，跟我弟弟是同一类的
家伙。我大声叫弟弟，要他来帮我，可是你想得
美哟！弟弟又到马那里去了，我看到了他，而且
我跟你说，弟弟在地狱里受煎熬呢！要是他以前
还没受过，现在就知道痛苦了吧！他拿起枪，抵
着半躺半卧的马下巴，把马的下巴打掉了，搞什

么呀！就那么一会儿的时间，我看见一股股黄色
的烟、红色的烟、蓝色的烟冒出来，一坨一坨地
落在他周围，像冰雹一样噼啪响。马像一口袋子
似的倒下来。那一群狡猾的人就选在这时候突然
出现在路那头，黑压压的从村子直冲过来。他们
从来干不出别的好事。

弟弟往他们那边开了一枪，以掩饰他的惊
慌，然后把风笛丢在不见了的马剩下来的那堆东
西上，拔腿往外跑。嘿，来吧！求道人站起来，
裤子也跟着他站起来，还好他没来得及伤害我，
蒙恩的人把荣耀归于上帝，他挂着木柄用力挥着
手，朝那群人跑去，装出一副无辜的样子，好像
看到他们来高兴得很。真是狡猾的家伙！我啊趁
这时候赶快跑到义人的那个地下墓穴里躲起来。

义人好像有点知道我们遇到灾难：我就跟
你说过，她还有一点脑子。她这时候非常激动，
也就是说她很慢很慢地晃着她重重的头，从右边
晃到左边，还发出长长的"啊——"，声音拖得

久久的，几乎听不见。我以前只看过一次她这样子，一点也让人笑不出来。那次是爸爸剪开她的绷带，剪刀一个没拿好，划到了她没有皮肤的地方，那时候她就像现在这样"啊——"了好久，脑袋瓜从右边晃到左边，好像痛得不得了。爸爸也哭了，他很愧疚，不停地在受罚的义人额头上吻呀吻的，少说也有两分钟，动作很温柔，又很小心，生怕又弄痛她。我从通风口观察那群狡猾的人，还有在他们中间很亢奋地跳呀跳的求道人，他在那里充起英雄。那一群有十几个人吧，我呀才懒得去数，哼。他们其中一个被我弟的子弹划破了大腿，那家伙把伤口比给大家看，也充起英雄来了。大家都往图书室那边看，就是在下我的那个图书室，他们在想那火灾会怎么样，它烧得越来越旺了，大坨大坨褐色的烟滚呀滚，真的有点吓人。我们邻人急得在那里转来转去。本堂神甫也在那儿，就是昨天晚上让我看他的厉害掴我一巴掌的神甫。他站在我这辈子深爱的那位穿甲胄的骑士尸体面前，好像在祷告，气得我咬牙、皱眉，恨不得踢他那里一脚，踢这位穿长袍的教士，哼。最后我弟还是自动投降了，我跟你说，那实在是投降得五体投地。两脚跪在我们同类面前，肩膀趴在地上，洞洞朝天，他还用手抱着后脑勺，像薄荷果冻一样抖呀抖个不停。除了燕麦片，我们有时候也拿这个喂义人，我知道我在说什么。佩着好大一把枪的那位警察很温和地跟我弟说话，好像不想再吓到已经快被吓死了的他，要他站起来，可是你想得美哟！他一直洞洞朝天，两只手抱着后脑勺，谁也拿他没辙。那个人只好跟着跪下去，才能把手铐铐住我弟。

嗒，所有的事情都会有结尾，这是宇宙定律，这本天书也一样，到最后献上祭品大祭祀以前，还有好几页要写。我的时间不多了，不可能把所有事情说完，你看我也失了神，只想再说说我的这一连串沮丧和失落。我在几秒钟之前才开始问我自己，从昨天晚上到今天早上我们所经历的挫折、愤怒、惊慌、羞辱，这些我们本来以为是在"爸爸轨道"之外的（就是用这个名词说），会不会其实是爸爸所希望的。我担心我们在不知不觉中还在一直服从他的命令，根本无能为力，从他而来的一股命定的力量一直拖着我们两个人走，把我们拉进他的旋涡中，一直拉下去，永远拉下去。我是实话实说。说不定我们从来就是他的灰烬玩具。我意思是说，他死掉以后，还继续摆布我们，嘲弄我们天使般纯洁的脑袋，又安心，又觉得不安稳，我在用字的时候也是这样，又安心，又觉得不安稳。爸爸不是那种会突然放下权力的人。他的尸体说不定只是个玩具，想要我们上当，要我们还有整个宇宙的思想世界都上当。我一边想这些事，一边看弟弟在松林边埋这位伟大死人的那个坑，我跟我自己说，如果有一天人们讲到这个插着十字架，没有名字、没有生死日期的坟墓，暗暗嘲讽着这个世界，但对尘世还有一点影响力，我是一点也不会惊讶的。我意

思是说我们的同类天生就会被不知道死到哪儿去
的人吓到。因为人性本是如此，这让他们在死人
坟前不断地吃草反刍，让他们变得想象力很丰
富。而宗教的第一道阳光，就是一具会动的尸
体，除非是我连这个都不懂。

十八

可是谢了，我再也不要这样了。我对狡猾的人演的戏一点也不感兴趣，我把散落在地下墓穴的种种物品打包，就从木板开始收拾起。当然啰，我还有时间回头泣诉最后那件事，所以暂且把它搁一边。我也把我最喜欢的那一张帅帅骑士的图片固定在我裙子底下，贴着我的肚子。我还想带走圣西蒙《回忆录》这本老字典，它现在只剩下一部分，变成选集了。从受罚的义人看我收东西的样子，就看得出来她还有一点脑子，因为她没有再把脑袋瓜慢慢从右边晃到左边，而是非常专心地看着我收拾，看着看着，她眼睛里冒出水蒸气。唉！我们来到这儿，我是说来到这个撒旦的星球上，是为了动感情的吗？

我走到她那里，蹲了下来，靠近她，对她微笑，摸摸她的头，指指墙上的链子，无奈地耸耸肩，想让她明白如果能带她走，我宁愿什么都不要，可我没有办法，只能怪这是不可能的事。我甚至用字跟她说，不管怎样，我们的同类最后总会找到她，说不定那个时候，她会有崭新的人生，还会有太阳，能走出这个黑牢。好可怜哪，受罚的义人，唉，你看她看我的样子！真的，她的眼睛，我不骗你，跟我的眼睛像是一个模子印出来的，简直是夏天时我从水井那锅水里看到的我自己的眼睛。她又想发出她那拖得长长的单调声音，可是我用手遮着她的牙齿，动作轻轻的，还跟她微笑。在这一刻，我眼睛里没有小小霹雳火，可是有一点咸咸的水，希望这样能让她安心，至少我还可以向老天祷告，如果还有老天的话。至于那个玻璃柜，我告诉自己，就让死人去埋死人吧，我要走了，嘿，来吧！从后门走。那群狡猾的人没看到我。

其实，说真的，我一直都有点知道自己是女的，但没有想到会有骑士真的待我如野生小母羊。不过，我爸一直把我当儿子，这让我两腿中间多了一个把子，这是象征性的说法。我意思是说，他拦阻我，不准我成为我自己，那时候我被掐住了，被压住了，没办法放心接受最简单的事实，即我根本没有小鸡鸡，就像那个谁你知道的那个人，而且我未来的尸体和我的脑袋瓜也不会因此而畸形。可是现在，要接受我还有个妹妹，这还是教人难以想象的。还有那块木板，我回头再来说。我弟他呀，可以说他的小鸡鸡在他之前没有别人有，他每天早上都好像第一次发现上帝给了他这个奇妙的东西，可他从来没把这东西，他那没用的东西，小朱庇特和它的用途连在一起。有些事情进不去他脑袋瓜里，就是这样。他把指头伸进爸爸那个敏感的洞——他昨天晚上还这样做呢——检查他和我可不可能从那里生出来的时候，他看见爸爸的香肠因为魔法的关系竖了起来，还因此被吓了一跳，他从来没想到死人的尸体会有这种反应。他不是装出来的，这一点我相信。我呀也是很早以前就因为宗教的关系以为我们是爸爸用泥巴捏出来的。可我们因为宗教的关系以为的，和我们本来就这样以为的，是两码事。我从小就看到我们那些小牛、小猪是从哪个地方怎么来的，我从来不觉得我自己会是例外。最厉害的是，弟弟他也对这些动物发生的事看得很清楚，可是谁知道，他从来没有把这两件事连起来。你拿他没办法，聪明才智就像那两团肉球，又不能自己决定要不要有。不管怎样，我从容地往我梦里那个挤满可爱鬼影子的舞厅走去的时候，我脑袋瓜里转来转去的就是这些。

要是我有时间，我会讲一下烂泥坑里的野猪是什么样子。咳！有皮肤，有骨头，还有其他，有些运气好，剩下的更多。有些还会抖呢，猪鼻子里流出黏液，绿绿的液体。还有牛，还有羊呢，如果还认得出来的话。我承认我们是有点粗心大意，有一天会因为这个下地狱受煎熬，我很害怕。当我脑子里又浮现斯宾诺莎《伦理学》

那些念头的时候，我跟你说，我才懒得理它哩。就算斯宾诺莎来也没救，嘿，来吧！那几间关动物的棚子，一定要用大炮来轰才开得了门。嗞。真是可怜。我都还没说到鸡呢！

狗屎啦，我走进跳舞厅，走上台阶。这些台阶简直是云变成的石头，因为是大理石的。我往柜子那边走去，就像牛虻往花园里唯一的花朵那里去，走进亮亮的光里面，让自己也充满亮光。我用手和脚推开那几扇又高又重的玻璃门，这几扇门都正对着瞭望台，你看我敢不敢放火烧你的裙子，因为你不相信我。可这时候真的有太阳呢！而且阳光还不小，它从云的洞里掉下来，照在田野上。我在那里晒了好久，吸收了许多太阳光，好让我心里得到安慰。山就从这里一直延伸到地平线那一边，有缓缓的坡，还有几处小小的断层，还听得到小溪奔流，水声潺潺。

每当公山羊来的日子，爸爸就往那个方向放一声炮。秋天偷偷来到，森林里的菠菜一点一点变成了辣椒那样的黄色和红色。松树当然没有像这样变颜色，它们连什么叫作季节都不懂！不过，其他那些树，因为这里有树呢，一直到这里都有，它们的叶子很茂盛，枝丫乱长一通，这里也有圆圆的菇。我心想，想想我们自己，再想想我们有思想的同类，这些该怎么办呢！有时候简直可以说我是这尘世间唯一爱生活的。可当人们想爱的时候，一切都变得很复杂，因为每个人脑袋瓜里想的都不一样。每个人对爱失望的时候，如果都在地上放一颗白色小石头，那尘世间的地上够不够放呢？不过，从月亮上应该看得到这些小石头，也看得到中国的长城。就说我弟吧。我完全不知道爱对他来说是什么，他只会在我身上动手动脚，我气死了，又拿他没办法。我在这里要很坦白地写出来，我想我一点也不爱我弟，等我尸体不见了以后，说不定我会因为这个受火刑。那也没办法。他太让我失望了。他答应我这个，答应我那个，说他会洗脚，不再偷偷喝好酒，可根本都白说。而我爸他呢，还能怎么说他，咳，在地下墓穴里握着你的手—哭哭好几个小时的人……他从来没在我身上乱来，反正，这又不是他擅长的。这让他保住了名声，我可以在又无耻又没有同情心的造物主面前肯定他这一点。我也爱受罚的义人，可是这个嘛……因为她的沉默，才让我有用字的天赋。

总之，我来到了瞭望台，一阵阵风吹来了木头烧焦的味道，因为，我告诉你，火烧到了图书室来，滚滚的烟和火绞成了一团。也轮到人物画像馆倒霉了。从我这个距离看，有一两个同类看起来简直像是大便上的苍蝇。依我看，他们再好也好不到哪儿去。我想他们都拿着水桶，或是类似的东西，类似他们那种蠢货的东西，因为像这样的大火，他们还不如吐口水来灭火，反正是回天乏术，鬼都没得救了。我们尘世居所的厨房，上帝知道，我才懒得管哩！我趁着有大太阳，写个过瘾，一切都如顺风走船。我的船往前开，一页页的纸就是白色的帆船，我把小木板垫在天书下面，想把这两样东西连在一起。我的意思是，我一直想在这本天书里提到它提到这块小木板，因为我想把它们两个结合在一起，好让我准备完成要做的大献祭。

我说的这块小木板，可以追溯到我记得我被揍以前的那个时期，要不然就是比那更早。那时候一整个白天都有太阳，还有一个小天使在我旁边，她和我就像是一个模子印出来的。爸爸用魔法抓住了太阳逃不掉的光线，放在他的放大镜里，用火的字在木板上写了这几个字。这些字都还在，这些字也许看起来没什么，但像誓言一样不断在我脑子里回响：阿丽安和阿丽丝，三岁。字下面还有一颗心，一圈都是黑黑的炭，那也是用浓缩的霹雳火画出来的，木板上只写了这个。书记觉得这时候从爸爸背后传来那个闻起来很清爽的妓女的声音，这个妓女就像用粗俗拉丁话写东西的圣西蒙公爵说的伟大女士。在我的回忆中，这位伟大女士的笑声就像是清纯洁净的池塘里的星光倒影。

写了前面这些帆船以后，我又回到舞厅。把有尾巴的骆驼"外套"盖起来，如果那是这么叫的话，然后把天书和小木板放在上面，剪刀、刀子在地板上排成一排一排，上面有在太阳底下像冰柱一样闪闪发亮的吊灯，因为我不要让自己被人生里芝麻大的小事打倒。我准备跳舞。节庆要开始了！

可是，我的肚子突然痛得好像要叫出来。我跪了下去，好像被枪打中一样倒下来，它痛得我头昏脑涨、眼花目眩。我觉得有人像撕布一样撕开我的肠子。还有，我裙子旁边的那些是什么东西呀？一洼淡紫色的果冻，还有像水一样的液体，别问是从我哪个洞冒出来的。没事的，阿丽丝。我站起来，像鹭鸶一样用两只细细弱弱的腿走路，弯着腰，手放在肚子上，没想到有一种又不安又温柔的感觉，是从来没有人那样对待过我的温柔。可是我里面不再是孤单一个人，我有个人可以温柔抚摸。因为我已经明白现在发生了什么事。嗯，我不需要查字典，也不需要去看那些小牛和小羊。他要出来了，可是我从来没想过会这么早出来。从我很骄傲地这里读读、那里看看的书里得到的讯息，我想有三个季节，真的耶，天哪，是快要三个季节了。我第一次没流血是冬天下雪的时候，这正好证明我的回忆是真的。我肚子其实没有很大，就是这样我才觉得不对劲。大自然有时候会这样，有时候会那样，没个准儿，人家说呀这是造物主拿我们开玩笑。

这时候我勉强挪着身子走到有尾巴的骆驼那里，天书就放在那上面。我站着，因为要是把腿打弯坐下来，会让我那个大洞痛得叫出来。反正一样，我站着写字。

其余的，几分钟以后，就没那么痛了，尽管野生小母羊很清楚，这只是因为暂时不去管它才忘了痛。趁还没再痛，我撑着继续写，我握着

笔的手有无比的耐心。我们逃不开自己的，不管
就哪个层面说，再害怕，也逃不掉。因为就连欢
乐也让我害怕，甚至让我更害怕。我不知道别人
懂不懂，等到新生命要从我身体里迸出来时，里
面的撕裂才真的要开始。那个孩子对我喊着她的
名字，她要求在这个破成碎片的星球上也有属于
她的一份，我像平常一样躲进我的铅笔里。因为
人生除了徒劳无功地写以外，还能做什么别的？
好，我同意，我说"字是灰烬玩具"，也是骗人
的。因为有些字，它们在句子里排好以后，我们
一接触到它们会被吓一大跳，就好像我们正好在
云轰隆隆地膨胀起来，然后快要破掉的时候去碰
到它。只有这件事对我有帮助。每个人有每个人
的办法。

十九

我站在有尾巴的驼毛外套旁边，弯着腰一直写，到现在大约时针转了半圈。下午的最后几道阳光从我脚底下温温的小水坑流到了石板上，我觉得自己像在一条小河里，阳光直漫到我膝盖上。因为分娩的时候快到了，我最后会完成这个该死的遗嘱。然后，要是我肚子里的没让我痛过头的话，我会使尽吃奶的力气放把火烧掉这本天书，还有那块小木板，就这样子啰。骆驼的内脏成了我的家，我好想听那快要冒出来的音乐。我从地下墓穴里拿了爸爸一直搁在那里的一盒火柴，他当然是搁在义人够不到但看得到的地方，当作是一种象征，也是提醒她，要记取教训，让她后悔莫及。这本天书要是落到狡猾的人手上，他还是什么都不懂的，因为我只用一个字母写，就是"l"这个字母，用草体写的，就叫作草体，没错。而且我写过一张又一张的纸，一艘又一艘的帆船，一直写个不停。因为到头来我还是写得跟我弟一样，用他那种乱涂一通的写法，像他这样写快多了。就因为这样，我没办法回头读我写的东西。可是无所谓，把这些草书一个个排起来，我脑袋瓜里听得见所有的字，这样就够了，这不比一个人自言自语糟糕。

反正没两样。

我会杀了这本天书来献祭，就像爸爸每年回春时拿公山羊献祭。我又看到了我们三个人吹短笛、吹竖笛、摇铃鼓。每到爸爸惩罚耶稣又一次永远死掉的那个季节，我们就会宰一头公山羊，至少是爸爸宰，然后他和弟弟用羊角盛好酒互相碰杯豪饮，恶心。我呀就着瓶子的细颈喝酒，那可怜的畜牲，可怜他被五马分尸的骨架，衣服被脱到内脏都看到了，像字典一样打开来，而我们家那两个把羊拿去煮，才刚熟就吃下肚。我们一直喝到头痛脑涨，瓶子哪、水壶呀，我是第一个头痛的，这是应该的，连马都头痛了。爸爸有次醉倒了，像个被诅咒的僧侣一样走路蹒跚，那根竖笛在洞里，嘿，来吧，他还一边笑一边拉我弟的一条腿，强行把他关进地下墓穴。弟弟又哭又叫，哀求赶快放他出来，受罚的义人也又哭又叫，这让她发作起来。我弟在里面惊慌地拍着门，天哪，他简直快疯了，吓都被吓死了，就像涂了松脂的小鸟。我呢，从来没有笑得这么开心过，因为好酒影响了我们的脑子，既然是这样也就没办法。可是我因为那个义人，在心里哭得很惨，虽然表面上看不出来。

不管怎样，我当作公山羊来献祭的天书，会是我的地狱的福音。我把它和小木板一起烧掉，拿这个来献祭不会伤害任何动物，像云朵一样纯洁无瑕，连它最里面的核心都很纯洁。这让我开始梦想自己也回到春天，听见自己会拥有一个新生命，说不定在秋天里可以拥有完全的春天。我不能让我自己一直在幻想里，那是很危险的。我觉得我可以和小孩一起在这里过下去，这小孩再过几个小时就会从我夜莺般的身体里出来。如果我要的话，只要闭上眼睛（我的眼睛也是义人的眼睛），就看得到这个小孩，就跟睁眼看到我的手在写字一样清楚。单单我们两个人就是一个大家庭。我们两个真的生活在一起，彼此紧紧相依，出现在我嘴上的微笑，也会传到她嘴上。她换毛的时候，我会帮她梳梳她小小的翅膀。我会用爱帮她像蝴蝶一样裹起来，还会用爱帮她做一个柔柔的枕头。这爱是别人没有给过我的，也没有给过用石头打昏的公山羊。打昏它的时候，我还拿铃鼓绕着跳舞，而且不会有人穿着脏鞋踩进我们的生活里。我们喝羊奶，吃蔬菜和草，它们是这个世界上最和平的，要不然就吃我的蕈类朋友。我们不杀动物，不吃它们无辜的尸体。

我们以后就住这里，住在舞厅里，还有那几座塔楼，和那几间房舍，随我们自己选，要不

然请你告诉我，哪一条法令可以把沙颂女公爵从
这个每一寸都和她血肉相连的土地上赶走？我一
脸下决心要把云铲掉的样子，我知道。这个做不
到，不是因为不可能做到，而是人家不许我们这
么做。她要跟着我学读书。我们明天去找找被火
烧过的图书馆里还剩下哪些字典可以读，或去找
找还剩什么人。我还敢这么想，看有什么人逃过
一劫，什么字典还活着，它们来自于木头，有木
头的顽强与平和，树木给我们最美丽的礼物就是
这个。然后我们读书，我们一直读书！一直到亢
奋得跌在地上，因为，闪闪发亮的历史让两个从
月亮上滚下来的孩子肩并肩躺着——就像她和
我——脑袋里布满星星，就算历史欺骗了我们又
有什么关系？我想我一定发烧了，太阳穴渗出汗
来，像快死了的猎犬身体，两侧搏动着。

　　对，我是用"她"，因为她会是个天使，和
我从同一个模子印出来，我从肚子里感觉到的信
念可以为证。她不会在拳头的威胁下长大，就像

花，一点也不需要人家威胁，就会长出颜色。她
会对动物很和善、很有礼貌，她在惊惶、饥荒的
时候也不会抛弃它们，不会像我认识的那个谁，
咳，那些被火烧的动物。最后，我会教她要小心
火这个玩具，因为火太漂亮了，很吸引人、很容
易失控、很危险。爸爸说过，我们在四岁的时候
太爱火柴了。而且，我要把这个孩子叫作阿丽
安，以纪念受罚的义人……

　　一条白色的布飘呀飘地飞过秋天美丽的天
空，落到了河流上，浮在水面，那大概是个大得
像座教堂的风筝吧！河上还有白鹅。我自己也有
一只风筝，形状像鱼，还有金色的鳞片，我很小
心爱护它，因为它是我的云。可是有一天，它从
我手中溜走了，飞到很高的地方，一整个夏天我
都望着被绊在树梢上的风筝。也就是在那一年，
我的胸部开始鼓起来，不吉利的事总是手牵着手
一起来。那些白鹅，每年我爸和我都会到我的图
书室最高的地方，去看它们成群飞走。今年秋天

它们似乎会来得比较早，我已经看到了征兆。它们就像温柔、美丽的念头，让我们想在漫长的冬天里把它们抱在胸口保暖，但它们总会成群离去，我们留不住的，就像我幻想着我肚子里这个被祝福的新生命，有一天也会从我身体脱离。这些念头啮食着我的心，让我又快乐又畏惧。啊！必须把这些念头驱走，因为没时间做天堂的梦了，我觉得我的身体就要溃堤，过一会儿分娩会让我很痛苦。而且，经验告诉我，我的想象对我从来没好事，回忆也一样。我一点也不想变成疯子，像着火的山鹑那样，在我脑袋瓜里啄呀啄，由于在这尘世间长久等待而受煎熬，被希望所折磨，就像在贵族家庭里一样。